だいわ文庫

# お友だちからお願いします

三浦しをん



大和書房

# はじめに

「お友だちからお願いします」と、言ったことも言われたこともない。友だちってのは、気づいたらなっているものだ。

しかし、なんだかいい言葉である。「お友だちからお願いします」。そのさきへの期待と希望を感じさせるではないか。あ、「そのさき」への期待と希望を抱いたことも抱かれたこともないから、私は「お友だちからお願いします」と言ったことも言われたこともないのか。なるほど、腑に落ちた。落ちたくなかったが、落ちた。

本書はエッセイ集である。エッセイ集を出すのはひさしぶりなので、ちょっと緊張している。と書いたとたん、急に背中がかゆくなり、しかし体が固いせいでうまく手が届かず、小学生のときから所持している竹製の三十センチ定規を駆使し、なんとかかゆい部位をこすろうと悪戦苦闘してしまったが、それでもほんとに緊張しているのだ。

……定規で無事に背中をかくことができた。ふぃー、すっきりした。

本書に収録したのは、いろいろな雑誌や新聞に掲載されたエッセイだ。私はふだん、「アホ」としか言いようのないエッセイを書いているのだが、本書においてはちがう！

（自社比）ご依頼をいただいて書いたエッセイ、しかも多くのかたの目に触れるであろう雑誌や新聞に掲載されるエッセイなので、よそゆき仕様である！（あくまで自社比）

大きく出ましたね、自分。本当によそゆき仕様かどうか、ぜひお読みになってたしかめていただきたい。と、さらりとセールストークを混入させてみた。

よそゆきになりえているとしたら、今後、「あいつは真面目なエッセイも書けるようだぞ」と、いままでにない媒体からもご依頼をいただけるかもしれん。エスタブリッシュメントな雑誌とかから。むふふ。

と書いておきながら、「エスタブリッシュメント」の意味がよくわかんなかったので（横文字苦手）、辞書で調べた。『大辞林』によると、「既成の秩序・権威・体制。支配体制。また、権力や支配力をもつ階級・組織」だそうだ。

あわわ。いままでご依頼くださった雑誌や新聞が、「支配階級」ではない、みたいな言いかたになってしまったぞ。まあいいか。各誌紙の担当さんたちは、ご自身を「支配階級」とは思ってなさそうなひとたちだったからな。

ご依頼が来ないかなあ、なんて、身の丈に合わぬ野心など抱くもんじゃない。「エスタブリッシュメント」は敬して遠ざけておくこととしよう。むしろ狙うは、「ラグジュアリー」とか「セレブ」な雑誌や新聞からのご依頼……。むふふ。いやいや、いままでご依頼くださった雑誌や新聞が、「ラグジュアリー」や「セレブ」ではない、みたいな言いかたに（以下略）。

お読みになって、もし、「どこがよそゆきじゃい！」とお思いになったとしたら、それはきっと、私の地金《じがね》が出てしまっているということですね。わりと常に、このひと（私）はアホかつシモがかったことばかり考えてしまっているのであるなあ。他人事《ひとごと》話法に詠嘆《えいたん》の要素を加え、「なんとか事実から目をそらそう戦法」を発動させてみたが、いかがか。

さて、本書の構成について、ちょっと説明しよう。構成もなにも、「全編がゆるーい日常をつづったエッセイです」と言えば、それでことたりる気もするけれど。

一章は、読売新聞に掲載された「マナー」についてのエッセイと、いろいろな雑誌からご依頼いただいた単発、短期連載エッセイが中心になっている。

「マナー」についてのエッセイは、「すでに定着したマナーを、少しべつの角度から見たり、自分だけのマナーについて書いたりする」という感じの主旨だった。最初は、「そんなに何本も書けるかな」と不安だったのだが（なにしろ、マナーについて考えたことがあまりないため）、いざとなったら次々に思いついた。私ったら、案外規範的な人間だったのね。「規範」という言葉にふさわしい実態を有しているかどうか、それは読者のみなさまのご判断に委《ゆだ》ねる。

二章は、日本経済新聞の「プロムナード」という欄に連載したエッセイだ。テーマは自由だったのだが、週に一度の掲載で、ネタ探しに苦心した記憶がある。でも、楽しく書いた。テーマが自由となると、とたんにアホさが炸裂《さくれつ》してしまう傾向にあるようだ。俺の心は根本的にアホさを希求しているということか。どうなんだ、その姿勢は。

三章は、ＶＩＳＡの会報誌に連載したエッセイが中心だ。「旅」がテーマにもかかわらず、ちっとも旅に出ていない回もある。しかし、編集部のみなさんは広い心で受け止め、数年にわたり書かせてくださった。定期的にエッセイを書くことを通し、改めて旅の楽しさを発見できた。いまも仕事の合間に、脳内でいろんな旅の計画を立ててはにやにやしている。飛行機が苦手なので、範囲が国内に限定されるうえ、沖縄には行きにくいのですが。泳いで渡る、か……？　どう考えても無理そうだから、いざとなったら船で参るとしよう。

四章は、いろいろな雑誌からご依頼いただいた単発、短期連載エッセイ。ご依頼の際に、「こういうテーマで」と提示されたものが多い。テーマが決まっていたほうが、書きやすいこともある。校則が厳しい学校のほうが、生徒が反抗精神に富み、地下活動がさかんに行われるようなものだろうか。……ちがうか。

それでは、はじまり、はじまりー。お楽しみいただければ幸いです。

※文庫化にあたり、本文に「文庫追記」を少々入れました。この「はじめに」にも追記するとしたら……、単行本を刊行してから早六年。エスタブリッシュメントな雑誌からの依頼は未だ来ず！　うん、なんとなくそんな気はしてた。

お友だちからお願いします◎目次

## 二章　そこにはたぶん愛がある

## 三章　心はいつも旅をしている

## 四章 だれかとつながりあえそうな

# お友だちからお願いします

# 一章

# ひととして恥ずかしくないぐらいには

# 餌《えさ》を与えないでください

最近、うすうす感じていたのだが、ついに現実を突きつけられた。

体重が増加している！

体重計が弾《はじ》きだした数値にあまりにも深い衝撃を受け、この事実の重み（まさに重みだ）から目をそらすため、思わずビールを二リットルぐらい飲んでしまったほどだ。

すぐに酒に逃避する弱い心が、私の体に無駄な贅肉となって表れていると言えよう。

これではいけないと思い、毎日必ず三十分の散歩をすることを三日まえに決意する。その決意に基づき、一昨日と昨日は、「妻が出産する病院へ急ぎたいのだが、ふだんの運動不足がたたって走りつづけるのは無理な夫」ぐらいの速度で（つまり、かなり本気で）、ざくざく歩いた。

しかし三日目の今日は、仕事が差し迫り、家から一歩も出られない状況だ。これではいけないと思い、脳内で散歩を敢行しつつ、体重増加に至った己《おの》れの問題点を改めて洗いだしてみることにした。

一、決意したことを三日間つづけることすらできない。

## 二、動いた以上によく食べる。

一に関しては、意志の弱さが改めて浮き彫りになった形だ。酒に溺れず、規則正しい生活を送れる精神を養うよう、自分に猛省を促したい。

問題は二だ。私は食べ物が好きだ。べつに「おいしい食べ物」である必要はない。とにかく食べられれば、なんでもおいしく腹に収める。好き嫌いもないので、出されたものは基本的にすべてたいらげる。

そして、以前からうすうす感じていたのだが、私はよくひとからご馳走になる。色っぽい意味で「食事でもどうだい」というのではまったくなく、「おもしろい店を見つけたから」とか「あんたよく食べるから、見ててスカッとするよ」とかいった理由でお声がかかるのだ。お色気要員ではなく、色物要員か。

思い返せば幼児だったころ、私の顔を見て祖母が言った。

「あら、この子、口もとにホクロがある。食べ物に不自由しないわよ」

祖母のホクロ占いの根拠がどこにあるのか定かでないが、これがいけないのではないか。食べ物に不自由しないのは、ありがたいことだ。私は毎日、食べ物があることに感謝し、食うに困らぬように堅実に働いてもいる。加えて、「ご馳走になる星のもとに生まれた(そして、ガツガツたいらげる)」。この宿命から逃れきることができないせいで、私は太る!

かつてウサギを飼っていた。二日ほど家を空けねばならないときは、キャベツを丸々一個ウサギに与え、言い聞かせたものだ。

「いい？　これから留守にするから、そのあいだはキャベツをちょっとずつ食べるんだよ」

しかし出かける直前に小屋を見ると、キャベツはもうないのである！　それでウサギは「食べすぎたぜ」って顔をしてるのである！

あればあるだけ、計画性を度外視して食べる。ウサギとはなんと脳みその小さい動物なのかと思ったものだが、まったく同じことを私もしちゃっている。飼っていたウサギの死霊が、私の食欲中枢に取り憑いてるのか？

そういうわけで、あればあるだけたいらげるのをやめようと決意した。意志云々というより、食い意地の問題だな、これは。

文庫追記：現在、「食前にキャベツの千切りを山盛り食べる」というダイエットを敢行している。ウサギを見習い、キャベツだけで満腹できる体を作りたい。成果のほどを、適宜「文庫追記」に記していく所存だ。

## 短くなった父

先日、父の仕事部屋を覗《のぞ》いたところ、なにかの画像をパソコンからカラーでプリントアウトしているところだった。私が部屋に入ってきたのを察し、父はあわてて紙を裏返しに置き直した。

あやしい、と思い、つかつか歩み寄って紙を見てみたところ、かっこいいおじさまの写真だ。年のころは五十代前半だろうか。白髪まじりの髪は短く刈られ、こちらへ向かって微笑んでいる。「チョイワル風」の熟年美男子だ。

さまざまな疑念が胸をよぎり、

「……だれなの、このひと」

と氷点下の声音で尋ねたところ、父はあわあわしながら、

「し、知らないひと」

と言った。「いや、お母さん（父の妻のことだ）が、『いいかげん髪切ってきたらどうなの、鬱陶《うっとう》しい。これから夏になるっていうのに』と怒るもんだから。どんな髪型がいいかなと、インターネットで調べてみたんだ」

「お母さん」に怒られて髪切りに行くって、中学生男子か。不甲斐《ふがい》ない父よ、と思いつつ、

納得した。「チョイワル風」の見知らぬ男性は、髪型のモデルさんであるのか。なるほど、かっこいいわけだ。

「事情はわかったけれど、この写真を参考に髪を切るのは、いかがなものかしら。だって、このひとは彫りも深くてハンサムだけど、お父さんは平板でかっこ悪い顔なんだよ？」

「わかってる」

父（とっくに赤いチャンチャンコを着たお年ごろ）は、中学生男子のごとき恥じらいを表情に浮かべ、プリントアウトした紙を丁寧に折りたたんだ。

そっとしておくことにした。

数日後、今度は父が私のもとを訪ねてきた。

「しをん、見なさい！」

と勢いよくドアが開いたので、驚いて振り返ると、短髪になった父が得意げに立っている。

「どうしたの、その頭」

「理髪店に行って、刈ってもらった。この写真を見せてな」

父が鞄《かばん》から取りだしたのはもちろん、「チョイワル風」熟年美男子のプリントアウトだ。まだ持ってたのか。

しかし、「チョイワル風」氏がサッカー選手のベッカムだとしたら、短髪になった父は日本兵みたいだ（しかも太ってて兵力ゼロっぽい）。「チョイワル風」氏の写真と眼前の男とを黙って見比べていたら、父は言った。

「理髪店の若いお兄ちゃんが言うには、『この写真みたいに頭頂部から後頭部にかけてをツンツン立たせるには、毎朝整髪料を使わないといけませんよ。ソフトモリカンですから』ということなんだ。そんなシャレたことは、お父さんできないから、全体的に短く刈ってもらったんだよ」

発言内に気になる部分（モリカン……?）があったので、なおも沈黙を守っていると、父はなにか察したらしく、

「いや、『ソフトモニカン』だったかな」

と言い直した。

どこまで横文字に弱いんだろう。さすがに哀れになり、

「うん。それはたぶん、『ソフトモヒカン』だね」

と教えてあげた。

「そうそう、それだ」

父は自身の言いまちがいを軽く受け流し、「どうだろう、似合ってる?」と、期待に満ちた顔つきで切りこんでくる。私は「褒めて伸ばす派」なので、

「うん、似合ってるよ（うだつの上がらない日本兵みたいだけど）」

とコメントした。

短髪にしたら心も軽くなったのか、これで夏への備えも万全だし、妻にも鬱陶しがられ

まいと、父はうきうきしている。さて、それはどうかなあと、私は思っている。

ところで、短く刈られた父のうなじから後頭部にかけてをガシガシ逆撫《さかな》ですると、柴犬を撫でるかのごとき感触が得られることを発見した。

「これ気持ちいいよ、お父さん！」

「あつっ。摩擦熱で熱いからやめなさい」

一週間ほどのち、また父に会ったので、勇んで逆撫でを試みたところ、もう柴犬感は薄れていた。がっかりした。

「生きてるんだから髪も伸びるさ」

と、父はしみじみ言った。

それは大変喜ばしいことだが、この調子ではたして、本格的に夏になるまで短髪を維持できるのか、そこが心配だ。

## 侵入犯の論理

私の祖母はそろそろ九十歳だが、元気に一人暮らしをしている。

祖母が住むのは、エレベーターのないマンションの三階だ。私がたまに電話して、「おばあちゃん、最近どう？　元気？」と聞くと、「そうでもないわ。階段で少し息が切れるようになってねえ」と祖母は言う。

マンションの三階まで一気に階段を上ったら、若く健康であっても息が切れるだろう。いったい祖母は、「元気」をどう定義しているのか。富士山に軽々と登頂できるぐらいじゃないと「元気」ではないのか。九十歳のパワーと気概を見せつけられるのだった。

そんな祖母の様子をうかがうために、母はちょくちょく、祖母が住むマンションに行く。母はそこで先日、大きな失敗をした。

一人で買い物に出かけた母は、祖母が待つマンションに戻った。玄関の鍵穴に鍵を差したが、まわらない。「おや？」と思いノブを引くと、玄関のドアはそのまま開いた。「おばあちゃんたら、ちゃんと鍵をかけとかなきゃダメじゃないの」と思いつつ、玄関に入る。靴脱ぎスペースには、買い物に出たときにはなかった、子供用の靴が並んでいた。

その時点で、変だと思うべきである。ところが母は、「あら、○○ちゃん（親戚）の子どもが、おばあちゃんに会いにきたのね」と判断した。それで自分も靴を脱いで、「ただいま」と言いながら廊下を進んだ。

そして開いた戸から居間のなかをフッと見ると、置いてある家具が祖母の住む部屋とは全然ちがうのだ。恐慌に襲われた母は、ここに至ってようやく、「ちがう家に入ってしまった！」ということに気がついた。この家の住人に発見されたら、「泥棒！」と叫ばれるのはまちがいない。母は廊下でまわれ右し、いままで生きてきたなかで一、二を争う速度でダッシュして玄関から外廊下へ飛びでた。

そこは二階であった。母は、祖母の部屋の真下の部屋を、祖母の部屋だと勘ちがいし、結果的に侵入してしまったのだ。息せききって階段を上り、三階の祖母の部屋へ正しくたどりついた母は、祖母に顚末《てんまつ》を話した。祖母はのんびりと、「おやまあ」と言ったそうだ。

この話を聞いて私が思ったのは、以下の三つだ。

一、「おやまあ」だけかよ！　九十年も生きていると、多少のことでは動じないのだな。

二、母は、二階まで上がった段階での自身の疲労度から、「すでに三階である」と思ってしまったとのこと。三階まで上がって「少し息が切れる」程度の祖母は、やはり九十歳として元気すぎやしないか。

三、いくら間取りがまったく同じとはいえ、玄関を開けた瞬間のにおいとか、子供用の靴とか、「ちがう家」である証拠は明確にあったのだ。にもかかわらず、母ははなから

「祖母の家」だと信じて疑っていなかったため、そういう証拠をことごとく無視または都合のいいように解釈し、脳内で処理した。人間の認識能力なんて不確かなものだ。

母は侵入犯のくせに、「下の階のおうちは、不用心すぎるわよ！　留守だったのか昼寝してたのかわからないけど、ちゃんと鍵をかけるべきだと思う！」と憤っている。こういうのを「逆ギレ」というのだな、と私は笑いを嚙《か》み殺した。

# 会話について

本当におもしろい話題なんて、そうそうない。わかっていても、あせる。数秒にわたって場に沈黙が流れようものなら、「あわわわ、なにを話せば……」と、脳内のネタ帳をめくる。ネタ帳はほとんど白紙だ。「先日、電車内で女子大生同士が会話していて、そのうちの一人が『保阪尚希《ほさかなおき》ってだれ？』と言った。己れの加齢を感じた」といったことしか書かれていない。こんな「どうでもいいこと極まれり」な話をネタ帳に記《しる》したのはだれだ。私だ。あせりとがっかりがブレンドされ、怒りにまで高められそうな勢いだ。

こういうとき、大人数（三人以上）でしゃべっているのだったら、無理して話題をひねりださなくていい気がする。黙ってにこにこしていれば、そのうちだれか（自分含む）が、「あ、これを話そうとしてたんだっけ」と思い出す。五分経《た》っても沈黙がつづくのなら、もう話題も出尽くして、おひらきにするべき刻限ということだ。

大切なのは、場の雰囲気づくりだ。いくら実力のあるお笑い芸人だって、「大規模な脱税事件摘発を目前に、ピリピリムードの国税局職員」を、どっかんどっかん笑わせるのは難しいだろう。話題がないときは「黙ってにこにこする」、相手がしゃべりだしたら「的確な相槌《あいづち》を打つ」。この二つを心がければ、会話は心地よく進行する気がする。

つまり、「あなたの話を聞きたいです」「あなたの話は大変興味深いです」と、態度で示すのが肝心なのだ。もうひとつ、そのひとが話したなかでおもしろいと感じたエピソードを、次に会うときまで覚えていること。「前回の話を、ちゃんと聞いてくれてたんだ。よーし、もっと楽しい話があるんだよ」と、相手はまた張り切って話題を振ってくれるはずだ。

少人数（一対一）の場合は、もう少し積極的に打って出る必要があるだろう。初対面の相手と一番会話が弾むのは、「仕事」の話題だ。「世の中にはこんなに多様な仕事があるのか」と驚くほど、仕事の内容も苦労もひとそれぞれだ。好奇心をもって聞くと、相手も心を開いてくれる確率が高い。次に「趣味」。最後に「子ども」。子ども本人にまつわる話題ではなく、「幼稚園や保育園で出会ったほかの子の保護者の話」や「おもしろ行事」など、周辺情報をさりげなく引きだすようにしたい。親バカ話を長時間聞くのは、こちらの負担が大きすぎるからな。

ただ、一対一で会話が弾まなくても、責任を感じてしょんぼりすることはない。会話はやはり、究極的には相性だ。「いいひとなんだけど、会話のセンスが自分とはちがう」ということは、往々にしてある。それに、会話の相性が合いすぎるのも考えものだ。

締め切り間際に某社の編集者Hさん（妙齢女性・未婚）から、「原稿の進みはどうですか」という電話があった。しかし気づくと、Hさんの「エア新婚生活」話になっている。エアとは架空。つまりHさんは、いもしない旦那《だんな》のために、一人暮らしの部屋で甲斐甲《かいが》甲斐甲斐しく洗濯物をたたんだりご飯を作ったりしているのだ（たたんだ洗濯物を着るのも、作ったご飯を食べるのも、むろんHさん本人だ）。

「新婚なんだと自分に言い聞かせると、ちゃんと家事をするものですよ」

とHさんは言い、

「そのむなしさ、いっそのこと極めてみましょうよ！」

と私は吼《ほ》えた。

そこで私たちは、「エア出産」「エア倦怠期《けんたいき》」などを次々に細かく空想していき、ついには八人の「エア孫」に囲まれ、「エア年金」からなんとか捻出《ねんしゅつ》した「エアお年玉」を配った時点で、語りだしてから一時間半。締め切り間際なのに！　『『エア孫』のためならしかたない。明日からしばらく、おかずは梅干しだけの『エア倹約生活』だ！」などと、呑気《のんき》に盛りあがってる場合じゃない。

「適度なところで切りあげる」のも、会話において大切なことである。

# 靴下

みなさんは寝るとき、どんな恰好《かっこう》をしていますか？　「大の字」とか「うつぶせ」といったことではなく、服装です。

「真っ裸」「シャネルの5番だけ」というのは潔いけれど、たぶん少数派であろう。ハリウッド映画などでは、ヒーローがたまに全裸で寝ている。べつに色っぽいシーンじゃなくても、全裸で就寝している。あれを見るたびに、気になってたまらない。夜中にトイレに行きたくなったら、どうするんだ？　全裸でトイレまで歩いていって、全裸で用を足して、全裸でベッドに戻るのか？　すごくまぬけだ。冬は寒い。泥棒と鉢合わせしたら、泥棒のほうが「ぎゃっ」て言う。

かといって、トイレに行くためだけに、改めてパンツを穿《は》くのもまぬけだ。穿いてるあいだに、尿意がいよいよのっぴきならないことになったら、本末転倒もいいところだ。

ヒーローはまだ、夜間の急な尿意にさらされたことがないのかもしれない。しかし、寄る年波とともに、必ずそれは押し寄せるのだ。それでもヒーローは全裸就寝を選ぶのだろうか。などと考えてしまうため、肝心の話の筋が頭に入ってこない。

着衣での就寝を選択しても、悩みはつきない。女性の場合は、ブラジャーをどうするか、という問題がある。私は、帰宅したらすぐにブラをはずしてしまう派なのだが、就寝時もブラジャーをはずさない派も存在する。そのほうが胸が垂れないし、そもそも胸が大きいひとは、ある程度ブラで固定させておいたほうが楽なのだとは思うが、あの締めつけ感とともに眠るのは、慣れないうちは大変だろう。

スケスケのネグリジェや、あんまりみすぼらしいパジャマも、着て寝るのをためらう。地震や火事のときに、そんな恰好では表に飛びだせない、と思うからだ。それで私はここ何年か、部屋着（なんの変哲もないシャツと、ジャージのズボン）のまま眠っている。部屋着から、わざわざパジャマなどの「寝るための恰好」に着替えるのも面倒くさいし。部屋着と寝着が一緒、というズボラ派は、実はけっこうな割合でいるのではなかろうか。

一考すべき点はまだある。靴下を履《は》くか否かだ。私は夏でも靴下を履いて寝るのだが、これに関しては「信じられない」というひともいる。足先をフリーダムな状態にしておかないと、到底寝つけない、と思う気持ちもよくわかる。が、冷房をつけていなくても、足が冷えて冷えてしょうがないのだ。

冬はもっと大変で、いろんな靴下を試してきた。手編み風の厚手のもの。遠赤外線靴下（どう見てもふつうの靴下で、どこからどういう仕組みで遠赤外線が出てるのか謎だが、まあ、あったかいと念じればあったかく感じられる気もする）。ゴムがゆるめの、就寝時専用の靴下というのもあった。

いずれも心地よく、ほかほかした眠りを約束してくれるすぐれものなのだが……、朝起きると、なぜか脱げている！　毛布に絡まっていればいいほうで、掃除したらベッドの下から、色も柄もちがう靴下が三つ（三足ではない）出てきた。道理で、いつも片足ずつちぐはぐな靴下を履くはめになるはずだ。

私は本当に足が冷えるのだろうか。ただ単に、足の先までなにかにくるまれている、という安心感が欲しいだけではないのだろうか。そう思えばなおさらに、最初から全裸を選択する猛者《もさ》たちの、潔さと体温の高さに憧れてしまうのだった。全裸の猛者と全裸で同衾《どうきん》できる境遇ならば、寒さ知らずなうえに就寝時の服装で悩むこともなく、一石二鳥なのだが。

# 電話

電話でしゃべるときは、声のトーンがちょっと高くなる気がする。「よそゆきの声」というのだろうか。「明朗快活で有能な秘書」って感じを狙って、はきはきしゃべっちゃったりする。

乱れまくった部屋に居住しているというのに、いまさら付け焼き刃の有能を演じてなんになるのか。まあ、部屋がどんなに乱れていても、相手には見えないのが電話のいいところで、だからこそ、「元気かつはきはきした自分」を声で演じてしまうのであるが。

電話で声のトーンを上げるひとが多い（と私は思う）理由には、あともうひとつ、「高音のほうが電話では聞き取りやすいから」というのがありそうだ。現在の電話は性能がいいので、籠《こ》もったような低音でしゃべっても、特に問題はない。しかし私が子どものころは、田舎《いなか》の祖父母（ちょっと耳が遠かった）と電話するときなど、「高い声ではっきりしゃべってくれると聞き取りやすい」と言われたものだ。

超音波なみにキンキンした高音は論外だが、どうも電話とは、低音を拾いにくいものなのではないか、という思いこみが未《いま》だにあり、ついつい声を高く張ってしまう。

電話にまつわる妙な習慣は、ひとそれぞれ、いろいろあるだろう。ついおじぎしてしまうとか、なぜだか歯を磨きたくなるとか。そう、私は長電話していると、相手に見えないのをいいことに、歯を磨きたくなってくるのだ。耳元でシャコシャコやられる相手にとっては、とても迷惑で不快な行為にちがいない。でも、電話ってどうにも手持ちぶさたで、「歯でも磨くか」という気持ちになってしまう。ちゃんと、「ごめん、歯ぁ磨いていいかな」と、相手に了承を得ますけれどね。「いやだよ、あとにして」と断られること多数ですけれどね。そりゃそうだ。

「電話特有の言いまわし」もある。「もしもし」はその代表格だろう。携帯電話だと、電話をかけたほうも受けたほうも、あまり「もしもし」とは言わず、いきなり会話がはじまる傾向にあるようだ。番号が登録されていて、「だれにかけたか（だれからかかってきたか）」が明白なためだろうか。「もしもし」と探りあう感じが好きなので、ちょっとさびしい。

あと、電話だと「よろしくどうぞー」って言いませんか？　文章や、直接会ったときの別れ際には、「どうぞよろしくお願いします」とちゃんと言うのに、なぜか電話だと「よろしくどうぞー」と言って通話を切ったりする。

なんだ、「よろしくどうぞー」って。どうして「どうぞ」と「よろしく」を倒置するのか。しかも、どうしてそれが「電話における別れの挨拶《あいさつ》」的に使われるのか。「ありがどうもー（どうもありがとう）」とか「ならさよー（さようなら）」とか言ってるようなもので、謎の電話用語である。

と思っていたら、近所の道を歩いていて、「よろしくどうぞー」に遭遇した。開店前の飲食店から出てきた営業マンらしきひとが、店主に向かって「よろしくどうぞー」と挨拶し、駅のほうへ去っていったのだ。たぶん、仕入れかなにかの相談にきたのだろう。そうか、電話用語というより、ビジネス用語（？）なのかもしれないな、と気づく。

「どうぞよろしくぅ！」だと、なんだかロック歌手みたいである。ステージでバンドのメンバーを紹介し終え、観客に向かって言う一言、みたいである。しかし、「どうぞ」と「よろしく」を倒置すれば、「くれぐれも」「なにとぞ」といった気持ちを、なんとなく強調できる。「どうぞよろしくぅ！」よりも少し丁寧なんだけど、後腐れはない感じをさりげなく演出。それが、「よろしくどうぞー」の正体ではないかと推測したのだった。

# トイレ

最近のトイレはすごい。勝手に便座のふたが上がり、「このトイレは自動で水が流れます」と声がし、事実、用を済ませて立ちあがるとザザーと水を流してくれる。

生き物じゃあるまいか？

便器に向かってそう問いかけたくなったのも一度や二度ではない。便座に生き物的ぬくもりがあるし。

なんだか落ち着かない。抱きしめたいようなぬくもりを宿し、こちらの行動を見ているとしか思えぬタイミングでアクション（ふた上げ、水流しなど）を起こし、声まで出す。かぎりなく生命体っぽい。生き物に排泄物を浴びせかけるようなことはしたくないので、なんかちょっと一瞬、出すのをためらう。意を決して用を足しながらも、「生き物の定義とは」とか考えてしまう。

あと、ウォシュレット。あれはなんなのか？　どこからやってきた水なのか？　便器を生き物だと仮定すると、ウォシュレットの水は、その生き物の唾液なのか涙なのか小水なのか。小水だと仮定すると、我とそなた（便器）は小水浴びせ合戦をしているということか。

そういうわけで（どういうわけだ）、私は未だ、ウォシュレットを使ったことがない。「水じゃなくて、お湯が出るんだよ。気持ちいいよ」とひとに勧められても、使用を固辞している。痔疾《じしつ》の気《け》があるひとにとっては福音《ふくいん》であろうし、そうでないひとも「もう手放せない」と言うことが多いようだが、シャピーッと出てくる軟弱な水（だかお湯だか）なぞ、断固としてお断りだ！

ばかじゃないの、とよく言われる。自分でも、なんでこんな意地を張ってるんだろうと思う。でも、一度使ってしまったらウォシュレットの虜《とりこ》になり、ウォシュレットのついてないトイレでは用を足せなくなりそうな予感がして、こわいのだ。そうなったら、死活問題である。私が住むアパートの部屋のトイレは、ウォシュレットつきじゃないからだ。

実家のトイレには、ずいぶんまえにウォシュレットがついた。両親は弛緩《しかん》した表情でケツに水（だかお湯だか）を当てている。たぶん。覗いたことがないのでわからないが、弛緩してるにちがいない。

実家住まいの弟に、

「あんた、ウォシュレット使ってる？」

と聞いたら、

「そんな惰弱《だじゃく》なもの、俺はいっぺんたりとも使ったことはない！」

とのことだった。ふだんはソリが合わない傾向にある弟と私だが、ほんとにきょうだいだったんだな、と少し絆が深まった気がした。ありがとう、ウォシュレット！　若年層

（親と比較すれば若い）だからといって、新しいものを受け入れるとはかぎらないのだ。

　それで思い出したのが、家のトイレがぼっとんから水洗に変わったときのことだ。下水が通って、近所一帯のトイレがいっせいに水洗になったのだが、隣家のトイレから、そこんちのお姉さんの叫びが聞こえてきた。

「きゃー！　ねえお母さん、自分が出したものが見えるって、すごくいやだと思わない⁉」

　叫びを漏《も》れ聞いた私は、「たしかに」とうなずいたのだった。ぼっとんだったころは、排泄物は暗闇に落ちていくばかりで、個別認識などできなかった。おしゃれなものだと憧れを抱いていた水洗トイレのほうが、実はあからさまというか、自分の排泄物と直接対面しなきゃならない。にもかかわらず親の世代は、わりとすんなり水洗トイレを歓迎していたのが印象深い。

　いまさら、ぼっとんの時代には戻れないように、私もいつか、ウォシュレットにひれ伏すときがくるのだろうか。まだまだ意地を張りたい気も、もうさっさと陥落《かんらく》して快適さを味わいたい気もする。

# 情報孤島

うちにあるテレビは、アンテナにつないでいないので映らない。ただの箱と化している。だが、視聴意欲がまったく失《う》せたわけではないのだ。では、どうしてもテレビを見たいときには、どうするか。近所の蕎麦《そば》屋に行って、蕎麦屋のテレビを見るのである。

先日も、「昼のワイドショーを見たい！」と突きあげるような欲求を感じ、蕎麦屋に行くことにした。「かきあげうどんを食しつつ、ゆっくりと『ＴＨＥワイド』を見よう」と算段しながら、目当ての蕎麦屋Ａに行った。蕎麦屋Ａは休業日だった。

ガーン！　と思ったが、ここでへこたれていては永遠にテレビを見られないので、少し歩いたところにある蕎麦屋Ｂに行った。蕎麦屋Ｂは営業中だった。

ホッとして暖簾《のれん》をくぐり、テレビの正面の席につく。「店員さんに早速かきあげうどんを注文しよう」と思い、ふと顔を上げてテレビに目をやると、「ＴＨＥワイド」ではなく「出雲駅伝」が映しだされていた。

ガガーン！　と思ったが、店員さんに「チャンネルを変えてください」とも言いにくい。それに私は、駅伝を眺めるのも好きなのだ。

いたしかたないので、注文するメニューを、当初予定していたかきあげうどんから親子丼に変更した。親子丼の飯粒をちょっとずつ食べていれば、そのうちチャンネルが「THEワイド」に変わるかもしれないし、変わらなかったとしても、「出雲駅伝」をじっくり見られる。

親子丼が運ばれてきた。「いただきます」と割り箸を割るタイミングを見計らっていたかのように、テレビのチャンネルが「パ・リーグ頂上決戦」に変わった。

ガガガーン！　これはなんのいやがらせだ！

さすがにカッとなって店内を見まわすと、リモコンを持った蕎麦屋のおばちゃんが、「どっこらしょ」と隅っこの椅子に座ったところだった。客足が途切れたので、本腰を入れてテレビ鑑賞する態勢だ。

チャンネルを変えてください、とはとても言えなかった。あたしは野球にはほとんど興味がなく、現在のパ・リーグのチーム名も全部は把握していないんじゃが……。

もそもそと親子丼をたいらげ、悄然《しょうぜん》として店を出る。

なんのために蕎麦屋に行ったのか。「蕎麦屋Aでかきあげうどんを食しつつ『THEワイド』を見る」はずだったのに、なんで「蕎麦屋Bで親子丼を食しつつ『パ・リーグ頂上決戦』を見る」になってしまったのか。当初の予定がまったく原型を留《とど》めていない！

その日は「体育の日」で、「THEワイド」ははじめから放映されていなかったのだ、と気づいたのは、それから三日後のことだった。

部屋のテレビが映らないうえに、新聞を取っていないので、日付や曜日もよくわからないまま生きているのであった。

文庫追記：「ＴＨＥワイド」が終了してしまったときの私の悲しみ、お察しいただけるかと思う。以降、午後の時間帯は、その日の気分によってさまざまなワイドショーを渡り歩いている。いずれの番組も特色があっておもしろいが、「ＴＨＥワイド」ほど私の心をつかむものにはめぐり会えていない。やっぱり硬軟のバランスがちょうどよく、司会の草野仁さんをはじめとする出演者の人柄が魅力的だったんだよなあ、「ＴＨＥワイド」は！

問題は、午後にワイドショーを見てる場合なのか、ということだ。だから仕事が進まない。

あ、いまはテレビを買って、自宅で見ています。「テレビがつまらなくなった」と言われているそうだが、私には十二分におもしろく感じられる。ドラマもバラエティももちろんだが、良質のドキュメンタリーは特に、「よく撮ったなあ」と驚きと感動がある。ここ数年で見たなかだと、『ＮＨＫスペシャル　大アマゾン　最後の秘境』の「イゾラド」の回がすごかった。

知らなかった世界への窓を開いてくれるという意味で、テレビはいまも十全に機能していると思う。

# 祖母とわたし

最近、声が大きくなった。

九十歳の祖母と、事情により一緒に暮らしているからだ。祖母はたいていのことは一人でできるのだが、さすがに少し耳が遠い。「そろそろご飯食べる？」と意向を尋ねるにも、三軒隣の住人をお誘いするような大声を出さなければならない。それで声帯が鍛えられた。淑女はつつましい声量でつつましい会話を、という法則からどんどん乖離《かいり》していく己れを痛感するのだが、しかし祖母と二人で暮らす生活はけっこう楽しい。

先日、いとこの子ども（祖母にとってはひ孫）のことを話していて、「チビッコはいつから立って歩きはじめるのか」という議題になった。私はチビッコと接点がないので、歩きだす時期はもちろんのこと、いつ歯が生えるのか、いつハイハイするのか、皆目《かいもく》見当がつかない。

「だいたい一歳ぐらいで歩きだすの？」

と聞くと、

「ひとそれぞれだけど、一歳で歩いたら、かなり早いわねえ」

と祖母は言った。「昔は、『早く歩きはじめた子には、お餅《もち》を背負わせろ』と言ったものでね」

「ああ、おめでたいから、お餅を？」

「ちがいますよ。立てないように、重石《おもし》としてお餅を背負わせろ、ということです」

亀・仙・人！（亀仙人とは『ドラゴンボール』〔鳥山明・集英社〕の登場人物。修行のために、とても重い亀の甲羅を背負っている）

「えーと……、『お餅を背負わせる』というのは、比喩として？　それとも、本当に背負わせちゃうの？」

「家にたいがい、老人も同居してたからねえ。『早く歩きはじめるのはよくない』という迷信を信じた老人の指示で、本当にお餅を背負わされた子もいたでしょうよ」

昔のひとって、おもしろいことを思いつき、アグレッシブに実行に移すよなあ……。せっかく立って歩こうとしたのに、餅で阻《はば》まれてしまうとは、チビッコにしてみたら屈辱！かつ、いい迷惑だったことだろう。

これまで知らなかったしきたり（迷信？）を教えてもらえるのも刺激的だが、祖母の言語感覚も相当おもしろい。祖母は自分のおっぱいを、「おしなびさん」と呼んでいるのだ。

おしなびさん！　たしかに、加齢により大幅に垂れてしなびちゃってはいるが……。

「ちょっと、おしなびさんを持ちあげてくださる？」と風呂場で言われたときは、おかしくて思わずタイルの床につっぷしてしまった。

祖母のおしなびさんをうやうやしく持ちあげ、腹のあたりを洗ってあげるのは、私の重要な役目である。価値観がかなり異なる部分もあるが（男の浮気をどこまで許容するかなど）、祖母とおしゃべりするために、声量にますます磨きをかけたいと思う。

# 鼻水の抗議

どんなエッセイを書こうかなと、いくら考えても「鼻水」としか思い浮かばないこのつらさ。

先日来、私の鼻は壊れた蛇口と化している。拭《ぬぐ》うのが追いつかないから、自宅ではティッシュを鼻の穴に詰めている。そう、恐怖の花粉症シーズンが到来したのだ。

ええい、「花粉症」と書くのも忌々《いまいま》しい。鼻がむずむずする。いっそ金粉症とでも言い換えてやればいいのか。いや、金粉ショーみたいだから、この言い換えはやめておこう。

それに、いまの私は「粉」という漢字を見ただけでクシャミを連発してしまう身だ。だから家にある小麦粉にも片栗粉にもここ一週間ぐらい触れていない。食生活にまで差し障りがある、にっくき花粉症。

ぬおお、また「花粉症」と書いてしまったぁ！

昨日なんて、鼻をかんでる最中にクシャミをしたらティッシュに血がついた。すわ、喀《かっ》血《けつ》か⁉　と驚くも、なんのことはない、鼻血である。鼻のかみすぎで粘膜が弱りきっているようだ。

それで思ったのだが、鼻の穴の地位の低さは、特筆に値するのではなかろうか。そのぞんざいな扱われかたに耐えかねて、我が鼻の穴は「壊れた蛇口化」という形で決起したのではあるまいか。

　鼻の穴の叛乱を鎮静化するためにも、ためしに、鼻血や鼻水が鼻以外の穴から大量に出たとしたら、と想像してみていただきたい。

　たとえば透明な液体が目から垂れれば、涙と解釈されて美しいと形容されもする。ヨダレを流してたら、空腹なのねとご飯をもらえるかもしれない。耳からだったら、即座に耳鼻科に行ったほうがいいとアドバイスされるだろう。ヘソから透明な液が出るものなのかどうかわからないが、出たらやっぱり心配されるのはまちがいない。シモのほうの穴々から出る透明な液体については記載を省くが、まあ病院か寝室に直行というのが穏当な線のはずだ。

　つまり、鼻から出る液状物質だけが、不当に評価され滑稽な印象をひとに与えるようなのだ。なぜだ。

　たぶん、隠しにくいうえに止めにくいからであろう。

　服に隠れる部位から出血または出液があった場合、包帯を巻くとか絆創膏を貼るとかガーゼをあてるとか、いろいろ対処のしかたはある。目と口なら閉じればいいし、耳にはなにか詰めればいい。

　しかし、鼻だけはいかんともしがたい。詰め物をしても、顔の真ん中にあるだけにどうしても目立つし、穴が下を向いている。耳とちがって、内部に溜まった液状物質が重力に逆らえず、勢いよく垂れてしまう。だから嫌われる。哀れなり、鼻の穴！
だが、新たな疑問も湧く。ではなぜ、ひとは体から出る液状物質を秘匿《ひとく》したがるのか、
ということだ。
秘匿しきれぬから鼻の穴は嘲《あざけ》られるわけだが、こうなったらもう、すべての液状物質を
堂々とひけらかす方向に、全人類の発想を転換できぬものか。
できないだろうな。不安や思いやりや羞恥といった感情がひとの心から消えないかぎり、
体から出る液状物質は永遠に、ちょっとうしろめたいものと認識されつづけるはずだ。
そう考えると、さらに新たな疑問が湧く。ではなぜ、秘匿されるべきとされる傾向にあ
る液状物質のなかで、涙の地位だけが高いのか、ということだ。
差別だ、差別だ！　鼻水たち、涙の抗議。
ほら、慣用表現だって、液状物質のなかで涙がダントツに多い。真珠の鼻水。鼻水の別
れ。鼻水そうそう。そんな言葉がどこにも見あたらないとはどういうことだ！　鼻水たち、
またも涙の抗議。
いや、なんとなく理由はわかるけど。涙はねばっこくなくて、ポロッポロッと出るから
でしょう。質感って大事だからな。
たとえば涙が、目の幅いっぱいになだれ落ちて、しかもそれがネバネバしてたら、きっ
とみんな隠したがるのだ。涙なんて、所詮《しょせん》はその程度のものだ。
負けるな、鼻水！

というようなことを書くあいだにも、詰めたティッシュを押しのけて滝のごとくあふれる我が鼻水。ちょっと鼻の穴を甘やかしすぎたか。少しは遠慮というものを知ってもらいたい。

だが残念ながら、「涙の辞退」という言葉はあっても、鼻水の辞退はないのだった。

# 夏の思い出

桃をいただいた。私は果物のなかで桃が一等好きなのだが、それにしても、この「いただき桃」は尋常《じんじょう》じゃないおいしさで、食べるたびに思わず天を仰ぎ、「んまい！」と言ってしまう。

なにしろ大きく、白い。しかし白さのなかに、さっと刷毛《はけ》で刷いたような薄桃色が差している箇所もあって、「桃尻とはこういうものであろうか」と思うほどの愛らしさ、うつくしさである。自他の尻にはそれほど思い入れのない私ですら、眺めていると興奮してくるような外見なのだ（「お尻っぽい」という点ではなく、「好物の桃」という点に興奮しているのかもしれないが）。尻フェチのひとにとって、「いただき桃」は危険なほど麗しい物体に見えるのではないかと推測される。

しずしずと皮をむく。手でむけるが、最初に包丁で少し切れ目を入れないといけないほど張りがある。真っ白な果実部分は、空気に触れるとみるみるうちに薄い飴《あめ》色に変わる。白さが失われるのが惜しいような、繊細な果物にふさわしい生き物感だと納得するような、そんな変化だ。

種を避けて、果肉を包丁で大きめに削《そ》いでいく。みっちりした質感、少しだけ滴《したた》る果汁。

種子の周辺は、充血したように赤い。果肉の白さと中心付近の赤さのコントラストが、目にも心にも鮮やかだ。これほどの美を出現させるとは、と桃の木（および桃農家のひと）に対し畏敬《いけい》の念がこみあげる。

口に含んだ「いただき桃」が、いかに甘くジューシーであるかは、もはや申すまでもなかろう。おいしい桃を食べるときの幸福感は、人生で一、二を争うぐらい良質な睡眠を取ったときの心地よさと同質なのではないか。

こういう幸せを、以前にも味わったことがある。記憶を探った私は、「祖父の家で桃を食べたときだ」と思い出した。

幼いころ、田舎に住む祖父母のところへ遊びにいった。あれも夏だった。祖父は奮発して、桃を一箱買って待っていてくれた。桃は通常、そんなにばかすか食べるものではないだろう。でもそのときは、「好物なんだろ、どんどん食べりゃいい」と祖父に言われ、子どもなので遠慮もなくどんどん食べた。「桃を丸かじりできるなんて……。しかも今日だけじゃなく、明日も明後日も！」と、うれしくてならなかった。

いま考えると、「いただき桃」に比べれば小ぶりのフツーの桃だった。だが、あの夏の桃のおいしさ、食べたときの幸福感は、「いただき桃」にもひけを取らない。私はたぶん、桃のおいしさがうれしいと同時に、桃を準備していてくれた祖父母の気持ちが、幼心にもうれしかったのだ。

「いただき桃」もやはり、桃をくださったかたの気持ちが感じられるからこそ、よりいっそうおいしいのだろう。桃は私にとって特別な果物だ。麗しい外見のなかにひそむ、天上の果実のごとき甘さ。桃の形状は尻というより、もしかしたら心や魂といったものを象徴しているのかもしれないと思う。

## 降りますのマナー

床から足が浮くほどではないが、吊り革の数より人間の数のほうが圧倒的に多く、立ち位置を移動したいと思ってもなかなか困難である、という程度の満員電車。

こういうとき、必ずと言っていいほど出現するのが、「駅に着くまえから車内の人々をぐいぐい押し、降車に備えようとするひと」だ。ドアが開いたとたん、将棋倒しになったらどうするのだ。「降ります」の一言が、なぜ言えぬ。

もちろん、だれか一人の責任ではなく、「もうすぐ駅に着く」という期待（？）で、車内の内圧が高まってのことだろう。しかしなかには、明らかに意識的に押してくるひともいる。「私も降ります（から大丈夫ですよ）」と言っても、ぐいぐい押す。

せっかちすぎやしないか。自分だけ無事に降車できれば、ひとを押しのけてもかまわない、という思いが行動に表れているようで、腹が立つ。こっちもケツ圧には自信があるので、ホーム到着まで意地でも前進してやるもんかと反発する。「動かざること山の如し」の決意だ。

しかし、車内でこんな不毛なおしくらまんじゅうをつづけていては、人心《じんしん》が荒廃するばかりだ。どうすれば、「次の駅で降ります」「私もです」「私は三駅先で降りる予定ですが、次の駅で一度ホームへ降りて道を空ける所存です」と、スムーズに意思表示できるのか。「降ります」と声を上げるのが恥ずかしい、というひともいるだろう。そこで考えたのが、「笛を吹く」だ。

吹くと、巻き紙が「ピー」という音とともに、カメレオンの舌のようにのびる笛があるだろう。あれを、乗車時にあらかじめくわえておく。もしくは背広の胸ポケットなど、混雑した車内でも取りだしやすい場所にしまっておく。降りたい駅が近づいてきたら、顔をなるべく上方へ向け、「ピー」と吹き鳴らす。音だけでなく、カメレオンの舌状の紙がのびるので、「あのひと、降りたいんだな」と遠目からでもわかりやすい。カメレオンの舌が林立する車内。想像するだに、なかなか壮観だ。

カメレオンの舌笛（と勝手に命名した）を吹いてまで意思表示しているひとを、それでも押しのけるのは勇気がいるはずだ。だって、子どもが吹いて遊ぶおもちゃですよ。大の大人が、あえてそれを吹き鳴らして必死にアピールしているのですよ。よもや無下《むげ》にはすまい。

「そんなおもちゃの笛を吹くのは恥ずかしい」というかたもおられるだろう。大丈夫。みんなで吹けば怖くない。「あなた、お財布とカメレオンの舌笛を忘れてるわよ」と奥さんが駅まで泡食って追いかけてくるような、そんな世界の到来を待つ。

# オヤジギャグのマナー

聞くものに氷点下の世界を体験させる発言。それが俗に言う「オヤジギャグ」だ。「新聞で読んだんだが、コンクラーベ（ローマ教皇を選出する選挙）ってのは、まさに根比べだなあ、田中くん」

などと部長に話しかけられた日にゃあ、「いやあ、ははは」と愛想笑いをするほかない。職場に吹き荒れるブリザード。

要は、他愛ない掛詞《かけことば》だ。部長本人にはまったく悪気はなく、むしろ「俺の気の利《き》いた発言で職場の空気をあたためてやろう」と思っているらしき節がうかがわれるのだが、裏目に出ることが多い。

どうして、こういったギャグを「オヤジギャグ」と呼ぶのかといえば、発言者に中高年男性が多く見受けられるからだろう。若年者は掛詞系のギャグを思いついてもグッと飲みくだすのだが、中高年者は加齢により喉の筋肉がやや衰えるせいか、思いついた端から垂れ流してしまう。そして、「寒い」とか言われる。哀れだ。

と、他人事《ひとごと》のように言っているが、私も最近、オヤジギャグを連発するようになってしまった。なにかひとつの単語を聞くと、同音異義語が次々に連想され、ぬるいギャグを言わずにはいられない。加齢とともに語彙《ごい》が増え、連想が無限大に広がるようになったんだ、と解釈したいところだが……。

オヤジギャグは扱いに困るものだが、古来の雅《みやび》なる伝統に基づく言葉遊びだとも言える。『古今和歌集』には、掛詞を駆使した技巧的な恋歌がたくさん収録されており、これがオヤジギャグのオンパレードなのだ。たとえば、「よみ人しらず」の歌。

君が名もわが名もたてじ　難波《なには》なるみつともいふな　あひきともいはじ

（きみとわたしのことが噂《うわさ》になっちゃまずいから、難波《なにわ》の御津《みつ》〔見つ＝会った〕とも言ってはダメだし、網引《あびき》〔地引き網のこと＝逢い引きした〕とも言わないどこうね）

……どうですか、この入念なまでのオヤジギャグ波状攻撃は。こんな和歌をもらったら、うっとりすればいいのか、焚《た》きつけにでも使えばいいのか、ちょっと判断に迷うところだ。

しかしまあ、真夏の電力不足が危惧《きぐ》される昨今でもあるし、積極果敢にオヤジギャグを迸《ほとばし》らせ、周囲の心胆を寒からしめようではないか。そう考え、私は先日、さっそく実践してみた。知人が、

「高校時代にカーペンターズの歌に感銘を受け、覚束《おぼつか》ない英語で歌っていたら、おかんにダメ出しされたんですよ」

と言ったので、

「そうか、オカンペーターズには不評だったか」

と答えたのだ。

知人の反応は寒々しき無言であった。わーい、目論見《もくろみ》どお……り……！

# そうめんのマナー

ああ、そうめん。すべるようにいくらでも胃に入っていく、悪魔的食べ物よ。

そうめんはおいしい。しかし、悩み深き食べ物でもある。第一に、「つゆをどうするか」問題。私は、油揚げやシイタケやナスなど、具をたくさん入れたつゆが好きだ。もちろん、シソ、ワケギ、ミョウガといった薬味もかける。だが、「具入りなど論外。つゆが濁る」と言うひともいて、決着はつかない。

第二に、「茹《ゆ》でたそうめんをどう盛りつけるか」問題。私はザルを使って流水にさらし、水気を切ったら、ザルごと食卓に置く。そして、ザルからめんを取って食べる。「それじゃ、めんがひからびるだろ」と思うかたもおられるだろうが、そうめんは悪魔的食べ物である。ひからびるまえにペロリと食べきってしまうので、大丈夫だ。

ところが、「氷水を張った器にめんを浮かべる」派もいれば、「器に盛っためんに氷をちらばす」派もいるようだ。小説の原稿がきっかけで、その事実を知った。

自作のなかで、「登場人物がザルからそうめんを食べる」というシーンを書いたところ(それが普通だと思いこんでいたからだ)、「うちでは、めんを水に浸《ひた》して食卓に出すのですが……」と編集者から連絡があったのだ。なんと風流な！　と驚き、編集部内でリサーチしてもらったら、「氷をちらばす派」や、「うちは流しそうめんのミニ機械があるんですよ派」など、さまざまな流派があることが判明した。

流派統一は難しいので、自作の登場人物は結局、ザルからそうめんを食すことになった。

似たようなことは、雑煮にも言える。「関西は丸餅を焼かずに雑煮（の鍋）に入れ、関東は焼いた角餅を雑煮（の器）に入れる」。そう聞いたことがあったので、大阪を舞台にした小説を書いたとき、「餅を焼かずに雑煮の鍋に入れる」という描写をした。

するとまたもや編集者から、「編集部内の関西出身者にリサーチしたところ、『食べるぶんだけ雑煮を小鍋に移し、そこに餅を投入する』『大鍋に作った雑煮に、一回に食す数だけ餅を投入する』『俺は焼いた丸餅のほうが好きだから、焼いてから鍋に投入する』など、さまざまな意見が出ました。ちなみに私の父（江戸っ子）は、『焼いた角餅を鍋に投入し、原型を留めないほど煮こんで妻に叱られる』です」と連絡があった。どうしろと言うのだ！

みなさん、家庭内で好き勝手な食べかたを実践しすぎです。だからこそ食文化の多様性も生まれてくるのだと思うが、小説を書くときは収拾つかないので、もう細かな描写はやめにして、「そうめんを食べた」「雑煮を食べた」のみで済ませようかと思う。

# 最弱のマナー

某月某日、「ボウリング最弱王決定戦」に挑むため、某ボウリング場に五人の猛者が集った。「ぼう」ばっかり（ボウリングの「ぼう」も含め）で恐縮だ。

どうしてボウリングの弱さを競いあうことになったかというと、子どもじみた意地の張りあいが発端だ。飲みの席でボウリングの話になり、「ボウリングをしたのは生まれてから一度だけ」「ストライクを出したことがない」「自己ベストスコアが二十台」などとダメぶりを披瀝《ひれき》しあい、互いに引っ込みがつかなくなったのである。

めいめいが飲み会から一月《ひとつき》ほどイメージトレーニングに励み、満を持して開催された「最弱王決定戦」は、史上まれに見る低レベルな戦いだった。結果、最弱王の称号を獲得したのは、まんまと私。ちなみに、スコアは五十九。ストライクどころかスペアも一回も出せなかった。

強いて「よかったこと」を探すと、「最弱王決定戦」なので、うまくやろうというプレッシャーから解き放たれ、各々がのびのびと戦いに挑めた点だろうか。「フェイント・ペンギン戦法（ラインまでちょこまかと小走りし、しかしなぜか球を転がす寸前に完全に静止して、助走の意味を無にする戦法）」「球速重視戦法」など、さまざまな技法（？）が編みだされた。

もちろん、猛者たちはみな、至極真剣にストライクを狙いにいってるのである。人間心理とは不思議なもので、「負け、すなわち勝利」な戦いにもかかわらず、ゲームに熱中するにつれ、ハイスコアを出したくなってくるのだ。

昨今では運動会などでも順位をつけない、と聞いたことがあるが、それは負けん気や向上心の芽を摘むような、おおげさに言えば人間の本能と矛盾するシステムである気もする。そこで、いっそのこと「最弱」を競えばいいのではないかと思いついた。

「かけっこ最弱王」「営業成績最弱王」などに輝いたものを、周囲が本気で称《たた》え、祝福する。最弱王としては、かなり悔しい。次こそは「二番目に弱い」ぐらいを目指してやってもいいかな、という気持ちにもなろう。「最強」を目指すほどの実力も精神力もないものにとって、「最弱王の座だけはなんとか回避したい」というのは、さほどプレッシャーがかからず、さりとて自堕落になりすぎることもない、ちょうどいい目標値である。

熱き戦いを終え、初代ボウリング最弱王と四名の臣下は、居酒屋で慰労会を行った。

「さすが最弱王。実力が図抜《ずぬ》けていた」と臣下たちに持ちあげられた私は、「王座がよもやこんなに居心地の悪いものであったとは」と複雑な思いを嚙みしめながら、勝利の美酒（ビール）を飲み干したのだった。

追記：次なる「最弱王決定戦」へ向け、五人の猛者の意欲は高まるばかりだ。種目候補として、「ダーツ」「ビリヤード」、そしてなぜか「デッサン」が挙がっている。画力対決って……。すさまじい戦いになる予感満載で、いまから胃が痛い。

文庫追記：最弱王候補たちは日常の雑務に追われ、未だ新たなる決定戦を開催できていない。脳内トレーニングに黙々と勤しむばかりだ。この行動力のなさも最弱っぽい。

しかし、いったいなんの種目ならば「最強」の座につけるのだろうか。つまり我々の得意種目はなんなのだろうか。そう考えてみると、どんな分野でも「一番」になるというのは大変なことである。いままで一番になったことも、明確に順位づけできる分野に挑戦しようと思ったこともないので、あまりピンと来ていなかったが……。タイムを競う種目（百メートル走とかF1とか？）に挑む人々は、私のようなのんべんだらりとしたメンタリティの持ち主とは確実にちがい、なにかもっと強固な意志を持って日々を暮らしているのだろう。見習いたい。

と思いつつ、そろそろ食前のキャベツに飽きてきた。どうすればいい……。

# 年齢のマナー

チビッコ（といっても、小学校高学年から中学生）を対象とした、文章のワークショップに参加した。太宰治の『走れメロス』を読んできてもらい、「読書感想文を書くことを楽しんでみよう」という試みだ。

メロスの視点に寄り添って書こうとするから、読書感想文は「厄介な宿題」になってしまうのではないか。なにしろメロスは、他人の迷惑を顧みない暴走野郎だ。彼に感情移入して感想文を書けと言われても、困惑が先に立つ。

そこで、「メロス以外の登場人物になりきって、メロスと遭遇したときのことを語ってみたらどうか」と、チビッコに提案した。チビッコは乗り気になってくれたようで、「私は絵で表現したい」「俺は友だちと劇をしたい」と意思表明した。それ、全然読書感想「文」じゃない……。

まあいいかと思い、好きな方法でメロスについて語ってくれと言ったところ、チビッコたちは楽しい発表を繰りだしはじめた。「激走するメロスに蹴り飛ばされた犬の気持ち」や「メロスを案じるメロスの妹の気持ち」を小説仕立てにした子もいたし、「メロスが山賊を殴る場面」を絵や漫画にした子もいた。山賊は暴虐な王に雇われてメロスを襲撃するのだが、「王に襲撃を命じられたときの山賊の反応」を劇にして演じた子たちもいた。その劇によると、山賊は王に対してちゃっかり値段交渉し、五万円でメロス襲撃を引き受けていた。

小学生が「悪事に手を染めてもいいかな」と思う基準は五万円らしいこと、こちらの予想以上に自由な発想がかれらの脳内に渦巻いているらしいこと、などなどが判明し、大変愉快な気持ちになった。

それにつけても参ったのは、チビッコが私の年齢を尋ねることだ。女子は遠慮があるのか、「不躾《ぶしつけ》な質問は控えよう」と思ってる節がうかがわれるのだが、男子は積極果敢に、「ところで、いくつ?」と何度も聞いてくる。あまりにもめげないので、「三十四歳だよ!」と答えざるをえなかった。するとチビッコの一人(男子)が、「へえ、三十二歳に見えた」と言ったのである。

び、微妙……。そんなの誤差の範囲だろ、と思いつつ、だからこそ真実味が感じられるような気もして、やにさがる。「いい子!」と盛大に褒めておいた。

合コンなどで交わされるという、「いくつ?」「えー、いくつに見える?」なんてそらぞらしい会話は、もうやめようではないか。年齢を聞かれたら、率直に答える。聞いたほうは、「(その年齢より)二歳ぐらい下だと思ってたよ」と応じる。そうすれば、みんなストレスなくいい気分になれる! と、チビッコに教えてもらったのだった。ありがとう、チビッコ!

追記：「勝因は、最近髪を切って、ちょっと明るめに染めたことですね。『少し若返りたいな』というときに、散髪はおすすめです！」（めずらしく実年齢より若く見られ、いい気になって優勝インタビュー風の追記にしてみました。すみません）

## 放吟《ほうぎん》のマナー

以前、カネフスキーというソ連（当時）の監督の映画を見て、登場人物がよく歌うことに感銘を受けた。べつにミュージカル映画ではない。街角や荒涼とした大地を歩くとき、かれらは歌を口ずさむのである。「歌うことで体をあっためようという、寒い土地ならではの生活の知恵なのだろうか」と思ったものだ。

ところで拙宅の裏は、やや幅の広い、しかし夜になるとほとんどひとけも車通りもない道路に接している。

この道路からしばしば、深夜に高らかなる歌が聞こえてくる。「放吟」という言葉にふさわしく、気持ちよさそうに大声で歌っている。声から推測するに、同一人物ではない。さらに言えば、九割五分が比較的若め（せいぜい三十代ぐらいまで）の男性だ。

どうやら、夜間にひとけのない道に差しかかった途端、気持ちが高揚し（あるいは気持ちが大きくなり）、思わず歌っちゃいたくなるようなのだ。一日の仕事を終え、どこかで一杯ひっかけた帰りで、解放的な気分になっているのかもしれない。

拙宅があるのはロシアではなく東京だ。特別寒くはない。にもかかわらず、歌声は冬ばかりか夏も聞こえる。映画を見て十五年は経つが、私は認識を改めるに至った。気温に関係なく、ひとけのないちょっと広い場所に来ると、人間（特に男性）は歌うようにできているらしい、と。

問題は、拙宅の裏をよぎる歌声が、どれもこれも大幅に音程をはずしていることだ。朗々とした歌いぶりから、ＥＸＩＬＥの人気曲を再現したいんだろうなとかろうじて忖度《そんたく》することはできるが、調子っぱずれの昭和歌謡とリズム感皆無のヒップホップのドッキングみたいな、音感のまるでない僧侶の読経のごときものになっている。

先日、父が拙宅に来たとき、またも窓の外を歌声が通り過ぎていった。

「この道を夜に通るひとは、なぜかよく歌うのよ」

私のぼやきに対し、父はこう言った。

「さびしいと歌うんだ」

せっつかないかぎりトイレットペーパーの交換もしないほど気が利かない男のくせに、思いがけず文学的な返答で驚く。

しかし、きわめて納得がいった。カネフスキーの映画にも、深夜にひとけのない道を歩くひとの胸の内にも、根源的なさびしさがたしかに宿っている。

音程がはずれちゃったとしても、べつにいいではないか。さびしいときは高らかに歌おう。孤独が夜空の彼方へ溶けるまで。だれもいない道だと思って油断してたら、宵っ張りのひとが家のなかで、「またエセＥＸＩＬＥが通りよった」と笑いをこらえていた、という可能性もあるが、気にすることはない。

文庫追記：このエッセイを書いたころは、実はＥＸＩＬＥをよく知らなかった。自宅にテレビがない時期が長かったので、ＥＸＩＬＥにかぎらず、人気のある芸能人を軒並み知らなかったのである。

しかしいまはちがう。二〇一七年に映画『ＨｉＧＨ＆ＬＯＷ』シリーズを見て以降、私はＥＸＩＬＥ一族にどはまりし、無数とも感じられた一族の顔と名前が完全一致するところまで来た。……正直に言おう。完全一致どころか、一族のコンサートにも行っている！　最初は、「え、各グループにボーカルが複数名いるの？　どのひとがボーカル？」というレベルだったのに、格段の成長ぶりだ。生活に張り合いができて、すごく楽しい。仕事してる場合じゃない。いや、しろよ。

だから、深夜に放吟してたひとの気持ちもますますわかる。わかるが、自分でも放吟したいかというと……、無理だろ！　最近の曲ってどれもむずかしすぎるだろ！　果敢に放吟、チャレンジャーだなと思う。若者の姿がまぶしい年齢になってきました。あーあ。

# 体毛のマナー

T字カミソリで腕毛を剃《そ》っていたら、刃先がすべって爪を直撃。マニキュアを塗っていたおかげで刃が止まったが、そうじゃなかったら指先が削れていたところだ（爪の先っぽはスパッと欠けてしまった）。

おそろしい。T字カミソリがではなく、体毛が。そもそも腕毛などというものが生えていなければ、こんな危険に身をさらさなくて済んだのである。

まつげや眉毛や鼻毛や陰毛は、「汗や埃《ほこり》などから大事な部分を保護するためにあるのかな」とまだ納得がいくのだが、それでいくと腕毛や脛《すね》毛は存在意義がやや希薄だ。胸毛に至っては、「心臓を守るためにあるのか？　だとしたらなぜ、一部の男性にしか生えないんだ。いっそのこと、我にも胸毛を……！」と、困惑と混迷が深まる。

体毛について悶々《もんもん》と考えていたある日、仕事相手とご飯を食べた。テーブルの向かいに座った彼ら（男性二人）を見ていて、ヒゲという体毛もあったことに気づく。

「ヒゲってのは、なんのためにあるんでしょうか」

と突然疑問を投げかけた私に対し、A氏（顎《あご》ヒゲあり）はこう答えた。

「俺の場合、『顎はここまで』と示すためです。ヒゲがないと、顎が首と同化してしまって、顔がとてつもなくでかく見えるんですよ」

そうか、顎ヒゲは境界線のようなものだったのか！

「僕の場合も」

とB氏（頬《ほお》から顎にかけてヒゲあり）は言った。「小顔に見せるためですね。しかし頬ヒゲを剃りすぎてしまうことがあり、そういう日は面積の拡大した顔をさらしている自分がいたたまれません」

ヒゲは国境線、顔は領土のようなものなのだな！

男性がヒゲを駆使して、かくも熱心に小顔を演出していたとは……。私もT字カミソリで眉毛の形を整えようとして、眉尻を剃り落としてしまい、柴犬みたいなまぬけ顔になってることがしばしばある。柴犬だけにしばしば。そんなオヤジギャグはどうでもいい。そして、あらゆる体毛をT字カミソリでなんとかしようとするのもやめたほうがいい。思いどおりにならぬ体毛処理について、私たちは嘆きあい、語りあったのだった。

いっそのこと、全身が剛毛で覆われていたらどうだろう。剃りようによって、顔の大きさも腰のくびれも、自由自在に調整できる。理想のプロポーションを体毛（の処理）で獲得！

おっぱいの大きさは、胸の谷間部分と乳の下にうまく毛を残し、影に見せかけることで演出するとしよう。複雑かつ芸術的な体毛処理能力が要求される。絵画的センスとT字カミソリさばきを磨かねばならぬ。

# 物忘れのマナー

最近、単語がすんなり出てこない。脳内ではちゃんと正解が浮かんでいるのに、いざ口にしようとすると、激しく言いまちがえてしまう。

「ほら、あそこですよ。観覧車があって、デートでカップルがよく行くという……。『百貨店』じゃない、『博覧会』じゃない、えーと……、『遊園地』！」

といった調子で、これは加齢による物忘れの一種ではないかとおののいている。

いっそのこと、「自分にとって都合の悪い言葉は、すべて言いまちがえる」というのはどうだろう。

「年末も近づき、街はイルミネーションで彩られてますねえ。つい先日なんか、赤い服着て白いヒゲ生やしたひとが、『おいしいケーキはいかがですか』なんて、店のまえで通行人に呼びかけたりしてさ。チビッコたちも、『ママー。今夜、赤い服着て白いヒゲ生やしたひと、うちにも来てくれるかなあ』なんて、楽しみにしちゃってさ。ほんと、胸躍るイベントですよね。えーと……、『栗きんとん』って！」

この調子で、恋人たちが浮かれさんざめくという例のイベント名は、意地でも口に出さない。栗きんとんケーキ。栗きんとんプレゼント。ホワイト栗きんとん。

おお、いい感じではないか。例のイベント名を栗きんとんと言いまちがえるだけで、こんなにも穏やかな心持ちになれるとは。

人間、ときとして攻めの姿勢も大切だ。物忘れを食い止めるのではなく、積極果敢に物忘れしていく！　そう心に決めた私は、都合の悪い言葉を自分の脳裏からどんどん消去していった。

すると、「結婚」や「交際」といった単語を耳にするたび、自然と意識が遠のき、無我の境地に至るようになったのである！

けっこん？　こうさい？　なにその単語、私の脳内辞書には記載されてないから、よくわかんない。いや、わかんないと感じる自分すらも存在しなくなり、まったくの「空《くう》」。悟りとは、悟ったと思う自意識すら消滅した状態だという。ややもするとそれに近い、高僧なみの境地だ。

おかげさまで、「あなたはいったいいつ結婚するの。このままじゃあ、私も安心して死ねませんよ」と齢九十を超える祖母にかき口説かれても、心は平穏そのもの。「大丈夫！　祖母孝行だと思って、その『結婚』とやらをしないようにするから、おばあちゃんは百三十歳ぐらいまで生きてね！」と切り返す余裕の態度を見せている。

念には念を入れて、祖母の脳裏からも「結婚」の単語を消去したいところなのだが、齢九十を超えてるわりに、祖母はしゃっきりしている。

物忘れっていいものですわよ、おばあさま。

追記：最近の物忘れの事例はほかにもあり、駅まで自転車で行ったのに、歩いて帰ってきてしまった。しかし思い返してみれば、十代のころからこんな調子でぼんやりしてた気もする。そのうち自分を駅前に忘れて帰ってきそうだ。一人禅問答状態。

文庫追記：最近では、「どんな物忘れをしたか」すらも忘れる、という境地に至った。物忘れしたことも忘れるから実質物忘れはしていない。禅問答か！

# ジンクスのマナー

なんらかのジンクスをお持ちのかたは多いだろう。私のジンクスは、「仕事が忙しいときにかぎって太る」だ。

二日ほど徹夜し、文字どおり身を粉《こ》にして働いているはずのに、粉にはならず、なぜか餅のように膨れる。

これは大変不便だ。「やせ細るぐらいがんばったんですけど、原稿がまにあいませんでした……」と、編集者に言い訳したい局面なのだが、以前にも増して顔が丸々としていたのでは、信憑性《しんぴょうせい》に欠ける。面の皮が厚いのか、どれだけ寝不足でもクマができにくい体質で、血色も妙にいい。丸々なうえにテカテカ。最悪だ。

ストレスで太るひととやせるひとといると思うが、前者は周囲につらさをわかってもらいにくく、損である。

といった話を友人にしたところ、

「私もジンクスあるよ」

と言われた。「小田急線のホームで各駅停車を待っていると、反対方面のホームにばかり二本も電車が来てから、ようやく私がいるホームにも電車が来るの。でも、ＪＲ御茶ノ水駅では、私がホームに着くと同時に、必ず電車が来る！」

……それは、電車の運行間隔からして当然なのではないか？　郊外と新宿駅を結ぶ小田急線は、日中十分間隔ぐらいで各停を運行しているのに対し、都心部にある御茶ノ水駅を通るJR中央・総武線は、五分間隔ぐらいで走っている。必然的に、ホームで電車にちょうど遭遇する率は、後者のほうが高くなるはずだ。そう反論しても、「ちがうよ、ジンクスだよ！」と友人は譲らない。

考えてみれば、私の「激務＝太る」も、ジンクスではなく、当然の結果なような気もする。起きている時間が長ければ、そのぶん食べる回数も多くなる。「眠気覚ましに」と、深夜にお菓子やラーメンを食べ、なおかつ机のまえからほとんど動かないのだから、太らないほうがおかしい。これでやせたら、むしろ地球の物理法則に反した奇跡だ。

ジンクスの正体の大半は、「確率や行動の結果として当然のこと」なのではないか。また、人間心理とは不思議なもので、「悪い事実に関してのみ記憶に残る」という傾向もある。「次はこういう事態に陥《おちい》らないようにしたい」と思うあまり、悪い事実となんらかの原因（らしきもの）とを、無理やり結びつけて覚えてしまう。ジンクスには、「思いこみ」という一面もありそうだ。

だとしたら、ジンクスに振りまわされるのはバカらしい。太るときは太る！　電車は来ないときは来ない！　おおらかな（開き直った？）気持ちで、日々の暮らしを送りたいものである。

さて、ラーメン用の湯を沸かすとするか。

文庫追記：食前に山盛りのキャベツを食べつづけて二週間。体重がさらに二キロ増えました。キャベツぶんが順調に加算されておる……！　飼っていたウサギの呪いかもしれん。

そういうわけで、キャベツダイエットはやめることにする。まだ一章も終わってないのに試合終了が早すぎるが、もうさ、野放図に太ればいいよ。大きくおなり。↑ヤケ。

文庫版あとがきでは、「八キロやせました」と報告したかったのですけれど、なにごとも計画どおりには行かないものですなあ。いやはや。このあと、文庫追記になにを書けばいいのか、頭が痛い。

# 入浴のマナー

湯船につかるのは気持ちがいい。急激な冷えこみを見せたこの冬、私はその事実に気づいた。

風呂文化が発達した日本で暮らしていて、そこに気づくまでに三十五年もかかったのか。そう問われたらグゥの音も出ない。実は、風呂って面倒くさい、と思っていた。いまも思っている。

まず、服の着脱が面倒くさい。あと、ボーッと湯につかっている意味がわからない。動きが鈍《のろ》いせいで気づかれにくいのだが、私は気持ちのうえではややせっかちだ。特に風呂とトイレに長期滞在するのがダメで、用を済ませたらさっさと飛びでる。

トイレで用を足したついでに、鏡に向かって化粧直しをするひとがいるが、私には不可能だ。拭いて、手を洗って、飛びだす。おかげで眉毛を描き忘れていることに気づかず、堂々と一日を過ごしてしまったことも数回ある。鏡ぐらいは落ち着いて見たほうがいい。

そんなわけで、長年シャワーのみで済ませてきた（外出の予定がないときは、シャワーすらも浴びない。ちなみに私は、ほぼ外出の予定がない）。しかし、あまりに冷えこんだある日、思い立って湯船につかってみたら、気持ちよかったのである！

そういえば子どものころは、湯船であたたまるのを楽しみにしていたなあ。湯船に本を持ちこんで読みながら（読書していないと、すぐに飛びだしたくなる）、感慨にふけったのだった。

そこでみなさまにうかがいたいのは、「銭湯の湯船で読書するのはマナー違反でしょうか」ということです。いきなり質問してくんなや、失礼だろ、ごるぁ。とお思いでしょうけれど、お目こぼしいただきたい。

切実なんですよ！　私は広々とした湯船に、本を読みながらゆっくりつかってみたいんです！　でも、これまで銭湯の湯船で読書してるひと、見たことない。

銭湯には、「刺青《いれずみ》をしたかた、お断り」とか「体を洗ってから湯船へ」とか書いてある。でも、「読書禁止」とは書かれていない。おにぎりを食べながら入浴するひとがいないように、「書くまでもなく、しちゃダメだとわかってるだろ」ということなのか。

もちろん、湯に本をつけないように気をつける。まずは体を洗ってから、脱衣所に本を取りにいき、そののち湯船につかる、というシミュレーションも完璧だ。それでもやはり、「銭湯で入浴しながら読書」はダメだろうか。

ダメなんだろうな、という予感がするので、実行に移せぬまま、自宅の三点ユニットの狭いバスタブで、膝を抱えながら本を読んでいる。足をのばしたい。飛びださずに銭湯を堪能してみたい。嗚呼。

追記：この原稿を送った直後、近所の銭湯へ行ったら、読書する小学生に遭遇！　シャワーに打たれつつ（滝行？）、湯船につかりつつ、サウナに入りつつ、ものすごい集中力で器用に読書。すごい！　でも真似《まね》する勇気はなかったです……。無念。

文庫追記：その後、私もついに「温泉に浸かりながら読書」を敢行した！　深夜で大浴場にだれもいなかったから、いいかなと。風呂場が薄暗かったので、こういうこともあろうかと持ちこんだ懐中電灯でページを照らしながら、半身浴をしつつ黙々と読書。極楽だった。

でも、たまたま旅の同行者（私と同じく宵っ張り）が大浴場に入ってきて、おおいに驚かせてしまった。「お風呂で、懐中電灯使って本読んでるひとがいる……！　と思ったら、しをんさんかー。やめてよ、超こわいよ！」と。すみません、つつしみます。

# とっさの一言のマナー

　先日、歌舞伎を見にいった。私の席は通路から数えて三番目で、通路がわの二席には、おばちゃんたちが座っていた。休憩時間にトイレなどに行きたいと思ったら、おばちゃんたちの協力が必要な位置関係だ。

　ところがおばちゃんたちは、自席のまえに特大の紙袋を置いている。私は席へ出入りするたび、たいそう恐縮して「すみません」と言い、紙袋をどけてもらっていた。おばちゃんたちはそのつど、「ちっ」て感じであった。「『ちっ』じゃねえ。どけるのが手間だってんなら、荷物はロッカーにでも預けてくればいいだろ、ごるぁ」と思わなくもなかったが、ひたすらへこへこして道を空けてもらう。

　しかし事件は起こった。おばちゃんの一人が紙袋を持ちあげてくれたのだが、足は引っこめ忘れたらしい。その足を、私は踏んでしまったのである。言い訳になるが、踏んだといっても爪先をごく軽く、だ。「ごめんなさい！」とすぐに謝った。だが、おばちゃんは大声で、

「いたたたた、足に乗っかられちゃったわよ！」

　と周囲にアッピール。アフリカ象か四トントラックが足に乗ったと言わんばかりで、失

礼しちゃうわ。そんなアッピールをする反射神経を、素早く足を引っこめるほうにこそ使ってほしかったぜと思いながらも、私がおばちゃんの足を踏んだのは明白な事実なので、「本当に申し訳ありません」と再度謝る。おばちゃんは私を無視し、飴など食べはじめた。

電車のなかで足を踏まれても、なかなか「いたたたた」と表明はできないものだ（たとえ、足の甲に穴が空くかと思うほどの激痛だったとしても）。こういう「とっさの一言」を体得したいと願いつつ、果たせぬまま身のうちに溜《た》まっていく言葉がある。私だって本当は、「まあ、そんなに痛かったですか。すみません。舐《な》めて癒《いや》したく存じますので、靴と靴下を脱いでいただけますか」と、いやみったらしく言ってやりたかった。それでもおばちゃんがひるまなかったら、「もう勘弁」と泣いて頼んでくるほどベロンベロンに舐めてやる覚悟はできていた。しかし、言えない。「軽く踏まれた」を、とっさのうちに「乗っかられた」まで拡大解釈するような言語能力保持者には、どうがんばっても太刀打ちできそうにない。

だがまあ、相手を糾弾するためにに発するとっさの一言は、たいてい品に欠けるものなので、そんな一言は繰りださずにおくのが正解なのだと自分に言い聞かせる。あとになって悔しさがこみあげ、奥歯がすりへるほど歯ぎしりしてしまいますが。おばちゃんはきっといまごろ安眠している。ちぇえ、やっぱり口惜《くちお》しい！

# 雪ウサギの花瓶

友人あんちゃん（仮名）は、私の家に遊びにくるとき、気をつかって手土産を持って現れることがある。

あんちゃんの手土産はたいてい、見たとたんに笑みがこぼれてしまうような、おもしろい品だ。写実的すぎてちょっと不気味なウサギの置物（「赤べこ」みたいに、首がガクガク揺れるようになっている）だったり、昔の少女漫画のキャラクターがプリントされた湯飲みだったりする。

あるときは、真っ白で丸っこい花瓶を持って現れた。あんちゃんの手土産のなかではめずらしく、笑いの要素は薄い。でも、なめらかなフォルムになんとも言えぬ愛敬があり、手触りもすべすべとして格別だ。「雪ウサギ」と名づけ、大切にしている。

花瓶としては小ぶりで安定がいいことも、狭いアパート暮らしの身には重宝する。私は「雪ウサギ」を台所の窓辺に置き、花を飾っては楽しんでいる。「雪ウサギ」に、赤い実をつけた千両の枝を挿したり、薄ピンクのガーベラを一輪いけたりすると、「ちょっとオシャレをしてみた、太った白ウサギ」みたいな風情があって、思わず身もだえしてしまうほどかわいらしい。

部屋が壊滅的に汚い状況であっても、精神を集中してなるべく「雪ウサギ」だけを見るようにすると、非常に心がなごむ。「『雪ウサギ』がいると、なんだか部屋の好感度がアップするなあ。もう、掃除なんかあとまわしでいいか」という気持ちになってくる。あとまわしじゃダメなほど、壊滅的な状況であってもだ。「雪ウサギ」の絶妙な丸みを帯びた姿と質感には、現実から目をそむけさせるほどの威力がある。罪つくりな花瓶だ。

あんちゃんがプレゼントしてくれるものには、一見すると統一感がなにもない。不気味な置物もキャラクター湯飲みも、部屋のあちこちで勝手な存在感を放っている。でも「雪ウサギ」を見ると、あんちゃんが手土産を選んでくれる際の基準のようなものが、明らかになる気がする。

存在感はあるけれど、決して邪魔にはならない。「これがいいのだ」という作り手の美意識とユーモアのセンスが伝わってきて、こちらを思わず笑顔にさせてしまう力を宿している。

ものは、ひとの心の在りかたを映す。

窓辺に飾った「雪ウサギ」を眺めるたび、気持ちが晴れやかになる。「雪ウサギ」のフォルムが優しくやわらかなためなのはもちろんのこと、それを選び、プレゼントしてくれたあんちゃんの、あたたかい心づかいが感じられるためでもあるのは、言うまでもない。

# 「食わせてあげるよ」

フリーターをしながら小説を書いていたころ、本は全然売れないし、朝から深夜まで働いてもボーナスはないしで、私は少々途方に暮れていた。アルバイト先の人間関係に恵まれ、楽しくやってはいるが、このまま正規の就職経験もなく結婚もせず老人になって、一人で死ぬのはちょっとさびしいな、と。

人間、弱気のときは、毎日を地道に生きればいいのだという基本を忘れ、一足飛びに老後を憂うものらしい。

「この調子でいいのか、最近しばしば不安なんだ」

と、中学からの友人に思わず弱音を吐いたところ、

「いいんじゃない。いざとなったら、あんた一人ぐらい食わせてあげるよ」

と、友人はさらりと言ってのけた。

た、頼もしい……！　ちなみに中学高校と女子校だったため、友人も当然女性である。

私は男性から、「きみを一生食わせてやる」と言われたためしがない。億が一、言われたとしても、「なーにをえらそうに。ごめんこうむる」と思うことだろう。

しかし、そのときの友人の口調には、驕《おご》りや気負いは一片もなかった（友人は超堅実

な職業に就いていて、たしかにだれかを食わせることが可能な立場だったのだが）。ただ、「自分の友だちがなにかに打ちこんで、その結果がうまくいかなかったとしたら、助けあうのはあたりまえだ」と心から思っているらしい気配だけがあった。

私はおおいに安心し、それ以降、つらいときや迷うときは、なんとなく彼女の言葉を思い浮かべる。なにも本気で、「ダメだったら、彼女に食わせてもらおう」と考えているわけではない。私が自分なりに真剣に仕事に取り組んでいるのだと、ちゃんと知っていてくれる友だちがいる。その事実自体が、励みになり支えになったのだ。

友人は以前からそっけなく辛辣《しんらつ》で、私の悪い部分をビシビシ指摘する。至らないところがあまりにも多すぎる私を、見るに見かねて、ということらしい。

思い返せば大学時代、「資格を持っていれば、職にありつくチャンスが少しは増えるかも」と私が教職の授業を取ったときも、「日和《ひよ》るな！」と彼女に一喝された。「あんたは全然教師に向いてないし、第一、映画を撮ってみたいと言って大学に入ったんでしょ。だったら、余計な授業を取るのはやめなさいよ」

なるほどたしかに、と目が覚めて、登録した教職課程の授業をさぼり、趣味である漫画喫茶通いに専心した。残念ながら、映画を作る適性はまったくなかったのだが、漫画だけはいっぱい読んだ経験が、いまの仕事に少しつながっている。

友人はいつも、私以上に私のやりたいことを見抜き、厳しい愛の鞭《むち》を片手に見守ってくれているのだ。

# 祖母の死

齢九十を超える祖母は、先日亡くなった。

祖母に長生きしてもらおうと、私は結婚を控えてきたのであるが、さすがに百三十歳までは生きられなかったか……。実際のところ、結婚を控えたのではなく、単に結婚できないだけなわけで、その事実が祖母の長生きの障《さわ》りになったのではないかという気もする。まあ、孫どころかひ孫までたくさんいるので、私の未婚ぐらいは大目に見てもらおう。

正確に言うと、孫のなかで未婚なのは、私だけではない。私の弟もそうだ。父方、母方を問わず、大勢いるいとこのなかで、弟と私だけが未婚なのである。こうなると、結婚できないのは私（や弟）のせいではなく、両親の教育方針とか容貌とかに問題があったのではないかと思われてくる。と責任転嫁して、この苦境を乗り切る所存だ。

亡くなった祖母とは、数年まえに二週間ほど一緒に暮らしたことがあり、思い出がさまざまによぎる。本来なら祖母のお世話をしなければいけない私がべろべろに酔っ払い、祖母に介抱されたことや、肌のお手入れと化粧の着脱に朝晩二時間ずつかける祖母から、「あなたはいくらなんでも身なりに無頓着すぎる」と苦言を呈されたことや……。ろくな思い出がないな、おい。

山田風太郎の『人間臨終図巻』(徳間文庫)は、膨大な数の人々の死に際の様子が、亡くなった年齢順に並べてある本だ。これを読むと、ある傾向が見えてくる。比較的若い年齢の場合、とても苦しんで死ぬひとが多いのだが(苦しむだけの体力が残っているためだろう)、九十歳を超えたあたりから、いわゆる「眠るような死」が増える。

祖母はまさに、眠るような死だった。晩ご飯を食べ、眠りにつき、そのまま意識がなくなって、一日も経たないうちに苦しむふうでもなくあの世へ行った。

祖母危篤の報を受け、親戚一同が祖母の入居する老人ホームに駆けつけた。祖母は酸素マスクをつけてベッドに横たわっていたが、その枕もとに、半世紀まえに亡くなった祖父の遺影が置いてあった。親戚のだれかが、気を利かせて置いてくれたらしい。

「ちょっと、あの写真……。『あの世からじいさんがお迎えに来ちゃった』感が醸《かも》しだされてるんだけど、いいのかな」

「そういえばそうねえ。おじいちゃんに見守ってもらって、元気づけるつもりだったんだけど、逆効果かしら」

などと、不謹慎なささやきが交わされる。祖母の命が風前の灯火なのは、素人目にも明らかだったが、悲しみと同時に、「大往生できそうで、祖母にとってはよかったかもしれない」という安堵《あんど》も、室内には漂っていたのである。まわりのひとを無闇に悲しませないという点において、長生きするのはありがたくいいことだ。

祖母は幼いころに関東大震災に遭ったので、地震を大変怖れていた。だから、東日本大

震災のあと、祖母のもとを訪ねたときも、

「おばあちゃん、このあいだの地震のとき、怖かったでしょう。大丈夫だった？」

と真っ先に聞いた。

ところが祖母は、

「ちょうどベッドの脇に立って、穿こうと思ったズボンを腰まで引っ張りあげたところだったのよ。途中で地震が来ていたら、よろけて危なかったわねえ」

と余裕のお答え。祖母が住むあたりも、それなりに揺れたはずなのだが、めずらしいこともあるもんだと思った。

そのときは、「年を取って、揺れを感知する能力が低下しちゃったのかな」と自分を納得させたが、いま思えば、祖母はすでにそのころから悟りの境地というか、「なるようになる」と考えていたのかもしれない。

お年寄りと接していると、ものすごくファンキーな発言や奔放な行動に驚かされることがあるが、年を取るとは、いろんなもの（恐怖や常識やしがらみなど）から自由になっていくことなのかもしれない。だとしたら、加齢は人間の精神にとって大きな救いだし、生命が本来持つ自由さを証《あか》す、希望とも言えるだろう。

と書きながらお茶を飲んだら、気管に入ってしまい盛大にむせた。鼻と口からドバーッとお茶が出ちゃったぜ。ずびずび。二十代までは、飲食物が気管に入ってむせる、などということはほとんどなかったのに、加齢ってのはまったく厄介だ。

祖母には子どもが四人おり、孫やひ孫となると数えるのも面倒なぐらいだ。その意味では、少子化を食い止めるために微力ながら一役買ったひと、と言えるかもしれない。しかし私が知っているのは、夫に先立たれ、子育てもとっくに終わって、「老人」となった祖母である。長い「晩年」を、祖母は淡々と生きていた。たまに毒舌ぶりを発揮し、趣味で俳句と短歌を詠《よ》み（あまりうまくない）、家事やらひとづきあいやらをしながら。

その姿を思い返すにつけ、やはり人間は（というか生き物は）、生殖するために生まれてくるわけではないのではないか、という気持ちが湧く。「遺伝子は、種の保存を最優先の使命にするようプログラミングされている」との言説をよく見聞きするが、それは本当なんだろうか、と。もし本当なんだとしたら、なぜ、生殖可能な年齢を過ぎたあとも、長い「老後」が残されているのか。犬だって猫だって、さかりがついたときはそわそわするが、相手がいなければ「ま、しょうがない」と生殖しないままさかりの時期を終え、あとはぬくぬく居眠りなぞしている。べつに不満そうでもないし、「種を保存しなくちゃ」とあせっているふうでもない。

つまり、生き物はただ、各々の心の赴《おもむ》くままに、生きているだけなんじゃないだろうか、と思うのだ。そこに「種の保存」といった意味を見いだそうとするのは人間だけであり、それはどんどん生き物の真理から遠ざかる行いのような気がしてならない。遠ざかるだけならまだいいが、意味づけをすることによって効率化がはじまり、「種の保存という遺伝子の大命題（私は、それはまちがっているんじゃないかと思うわけだが）に反するやつは、無意味かつ無用な存在である」という極論まで到達してしまうのではないかと、やや危惧される。

そうではないんだ、と私は思いたい。自分自身が生殖しないまま終わりそうだから、そう思いたいだけかもしれないが。

私は、生殖年齢を過ぎても、なお淡々と生き、眠るように死んでいった祖母を、愛《いと》しいと感じる。もし、祖母が私の祖母でなく、生涯子どもを持つことのなかった老人だったとしても、その一生を尊いものだと感じるだろう。目に見えるなにかを生まないならば、そのひとの生は無意味だと断じるような、妙な考えには取り憑かれたくない。

生きて死ぬ。生き物はそれだけで充分なのであり、「なにかをしなければいけない」といった考えからは完全に自由な存在なのであり、だからこそひとつひとつの生命が尊いのではないか。

そんなことを、祖母の死に顔を見て思ったのだった。

# 二章

# そこには
# たぶん
# 愛がある

# 老婆は行脚《あんぎゃ》する

電車内で女子高生の会話に聞き耳を立てる。

「お年寄りに席を譲るかどうかって、チョー迷わない？」

「迷う迷う。このあいだ、バスでさあ。おばあさんと、その娘らしきおばさんが乗ってきて、おばあさんは優先席に座ったの。私はうしろのほうの席に座ってたんだけどね」

「なんにも迷う必要ないじゃん。おばあさんも座ってんだから」

「ちがうの。おばあさん、急に優先席から立ちあがって、車内をうろうろしはじめたの。私のまえも何回か通ってさ」

「なにそれ。意味わかんない」

「でしょー？　『どうしよう、ちょいボケ？』って思ったんだけど、おばあさんがいた優先席は娘が見張ってて確保されてるわけだし、まあいっかと思って、そのまま無視してたんだ。そしたらおばあさん、またもとの優先席に戻っていって、『最近の若いひとは、ちっとも席を譲ってくれやしないよ！』って、娘にさんざん愚痴《ぐち》りだした」

「すごーい、バスの乗客を試してたんだ！」

「でもみんな、おばあさんが優先席に座ってたところを見てたんだよ？　譲らないよね、その状況じゃ」

「うん。それは譲らなくてよし」

おかしな実験をするおばあさんに対しても、席を譲るべきであったか否か真剣に検討する。いい子たちだなあ、と思った。

それにしても謎なのは、おばあさんの行動である。高齢者への敬意がたりない、と義憤にかられてデモンストレーションしたのか？　優先席は娘に譲って、自分はべつの席に座ろう、と画策したのか？　それともただ単に、席を譲ってもらうことに至上の快楽を見いだすマニアなのか？

いずれにせよ、走行中のバス内を歩きまわれるぐらいだから、足腰は充分しっかりしていると思われる。まだまだ若いよ、おばあさん！

女子高生の会話を聞いて私が考えたのは、「ひとはいつでも、他者を試す」ということだ。私は「試す」行為は嫌いだ。学校に通ってたころも、試験が大嫌いだった。……まあ、試験はいたしかたないとしても、だれかを試すような行いは慎むべきであると思うし、いたずらに試されることも断固拒否したい。

しかし、愛や忠節を試す話を読むのは好きだ。「かぐや姫は五人の貴公子に無理難題をふっかけました」とか、「太閤秀吉は五大老に何度も豊臣家への忠誠を誓わせました」とか。愛や忠節が好きなのではなく、そのようにひとの心を試さずにはいられなかったかぐや姫や秀吉の胸中には、どんな思いがあったのかなあ、と想像するのが好きなのだ。

かぐや姫はおめがねにかなう男性を見つけられなかった（最初から探す気もなかったように見受けられるが）。秀吉の死後、家康は豊臣家を滅ぼす（秀吉も家康も、誓いを立てているときからその結末を予期していたように見受けられるが）。ひとを試すことはむなしい、と私は思う。

自分の座席があるにもかかわらず、なおも席を譲ってくれるひとを探して車内を練り歩く。強欲で滑稽なばあさんだなと、女子高生の会話を聞いて笑ってしまったが、同時に、人間はいくつになっても、だれかの愛と誠実を試し、求めずにはいられない生き物なのだと感じて、恐ろしいような愛おしいような気持ちにもなったのだった。

文庫追記：私はドッキリ番組があまり好きではない。たぶん、「ひとを試す」要素が感じられるからだろう。試して、ドッキリを仕掛けられたひとが驚いたり怒ったりするさまを見る。少々悪趣味に感じられ、どこをどう楽しめばいいのかよくわからない。非常時にこそ、そのひとの本性が透けて見えて楽しい、ということかもしれないが、私は非常時に見苦しく卑怯な行いをする自信があるので、ドッキリを見ていると居たたまれない気持ちになるのだろう。

## 愛の地下鉄劇場

友人あんちゃんはその日、発車間際の地下鉄に飛び乗ったのだという。「ふう、やれやれ」とドア付近に立ち、汗を拭うあんちゃん。すると、そばにいた乗客の会話が耳に入ってきた。

「俺、おまえのことすごく好きだよ」

若い男性の声である。こんな公衆の面前で告白とは、大胆な。あんちゃんは興味津々で、声のしたほうを見た。するとそこには、「二十代半ばぐらいの、いまどきのオシャレ系男子」（あんちゃん談）が二人いたのだそうだ。

告白（？）したほうの男は、なおも切々と、お相手の男に向かってつづけた。

「できるだけ一緒にいたいと思ってる」

あんちゃんの耳はもう、ドア付近を埋めつくさんばかりに巨大化した。お相手の男のほうは、しばしの沈黙ののち言った。

「ミートゥー（俺も）」

そして二人は恥ずかしそうに見つめあい、笑いあっていたそうだ。

この話をあんちゃんから聞いた私は、心拍数が上がるのを感じた。

「なんで返事が英語なんだろう。謎だわね」

「照れ隠しじゃないかな。それよりも謎なのは、なにが契機となって、いきなり地下鉄のなかで告白しはじめたのか、ですよ」

「本当にあったことなの？　あんちゃんの見た夢の話とかじゃなく？」

「現実に見聞きしたことです！　二人は、私と同じ駅で降りたの。『むむ、これからどちらかの家へ行くのか？』と思っていたら、告白したほうの男はホームをしばらく歩いてから、『じゃ、またな』と発車寸前の電車に戻っていきました」

「まあ、よほど名残惜しかったのねえ。しかしあんちゃん、周囲にテレビクルーがいなかったか？」

「ドラマの撮影でも、ドッキリカメラでもないってば！　飛び乗った地下鉄のなかで、なんで私に対してドッキリを仕掛けなきゃならないんですか」

「うーむ。では正真正銘、友情が恋愛に進展した瞬間を、あんちゃんは目撃したということなのだな」

「恋愛なのか、篤《あつ》き友情の発露だったのかわかんないけど」

「友情じゃないだろう。たとえば私があんちゃんに、『ずっと一緒にいたいの』と言うか？　ホームでまで名残を惜しむか？」

「ノーサンキュー」

と、あんちゃんは礼儀正しく英語で答えた。

「ほらね。やはり友情というには濃密すぎるなにかが、その二人のあいだにはある。いやあ、貴重なシーンに遭遇したもんだな、あんちゃん。それでその二人は、どんな顔だった？　かっこよかった？」

「顔なんて覚えてないよ！　衝撃のあまり、そのあと自分がどうやって家に帰ったのかも定かじゃないぐらいなのに。とにかく二人とも、さっぱりしたオシャレ系自由業的服装だった、ということしか……」

「また会えるといいねえ。明日も同じ時刻に、同じ車両に乗りなよ」

「この東京砂漠で、あまりにもおおざっぱすぎるストーカー行為……。しかしまあ、また会う日が来ることを祈念するとしましょう」

その日まで、二人に幸多かれと心から願うあんちゃんと私であった。

# ファラオなばか

友人あんちゃんは、会社の同僚の女性がエステで十五万円もかけて脱毛していると知って驚愕《きょうがく》し、私に電話をかけてきた。

「じゅ、じゅうごまんえん⁉」

聞いた私もびっくりだ。

「漫画が何冊買えるだろう……。いったい、どこの毛をそんなに抜くのかね？」

「最初は腋《わき》や脛《すね》だったのが、いまや太股《ふともも》にまで及んでいるそうですよ」

「太股なんて見えやしないよ！」

「と思っても気になってくるのが、脱毛地獄というものだそうで」

なるほど。私は、毛なんぞ思う存分生えるがいいわい、という放任主義者だが、全身ツルツルでいたい、と願うひとがいるのもわからなくはない。

「残念だが、私は自分の顔や体に、そこまでの愛着は抱けないなあ。十五万円あったら、服を買いたい」

「私も断然、服派ですね。会社の同僚は、服はわりと地味目なんですよ。ラッピングよりも中身の充実を重視してるようで」

「それは気高い志《こころざし》だ。たしかに、十五万かけて服を買ったって、似合わなきゃどうしようもないもんな。しかしそうなると私の場合、脱毛どころか全身整形が必要になってくるんだが……」

「それはもはや、生まれ変わるしか解決策がないのでは？」

「わかったぞ、あんちゃん！　やはり私は、十五万円あったら服を買う。来世の私への先行投資だ。脱毛なんて、効果は今生《こんじょう》かぎりのこと。だが服ならば残る」

「そうか！　服とともに書き置きを遺《のこ》しておけばいいんですね。『来世の私へ。宿願かなって美しく生まれ変われていたら、この服を着なさい』と」

自分の子どものために、共用できる服を買う、などという発想はすっ飛ばして、一気に自分の来世のことを考える。

「うん。服だけじゃ心もとないから、鞄や靴も、もちろん漫画もたくさん収集して、楽しい来世に備えるんだよ」

「生まれ変わっても住居がないと不安ですから、今生では仕事をバリバリがんばって家を建て、そこに来世の自分に手渡したい収集物を置いておく、というのはどうでしょう」

「いっそのこと、集めた漫画本で家を造ろう。家の壁が漫画！　文字どおり漫画に囲まれた暮らし！　まさに極楽を体現した家じゃないか」

「自分にとって大切なものを建材にして家を造る。それでいくと、エステ通いをしてる同僚は、脱毛した毛を塗り固めて家の壁にしたらいいと思います」

「大切じゃないから脱毛したんだと思うが……。とにかく、来世の自分のために、気に入ったものを遺すというのはいいアイディアだ。しかしなんだかちょっと私たち……、エジプトのファラオみたいになってないか？」

「そうですね……。『副葬品がお棺のまわりにどっさり。壁画にはきれいなねえちゃんもいるぜ。これでもうあの世へ行っても安心！』みたいな感がありますね……」

「所詮はミイラになっちゃうんだから、宝もねえちゃんも無用の長物なのにな……」

「目を覚ましましょう。どれだけ物を買っても、死んだら終わりです」

やっぱり脱毛するか、としょんぼり思った瞬間だった。

# 実家の意義

大晦日《おおみそか》に実家に帰った。

ところで、「実家」という単語を私が使うたびに、母はいつも、「嫁に行ったわけでもないのに、『実家』っていうのは変じゃないかしらねえ、ふふ」と言う。

じゃあ、どうしろというのだ！

「以前は私も住んでいたのだが、独身のまま独り立ちしてべつに部屋を借りたので、いまは両親と弟が住む家」とでも言えばいいのか。まどろっこしいだろ、そんなの！　何行あっても、話がさきに進まないぞ。

とにかく実家だ。実家に帰ったのだ。すると母が、猛然と大鍋で雑煮を作っていた。いったい何人家族が、何日間食べつづける計算なのか。ややたじろぎつつも、煮しめの鍋のふたを開けたり閉じたりして、私も料理を手伝うふりをする。庭では父が、なにやら漫然と箒《ほうき》を動かして掃除するふりをしている。

そこへ弟が、シャツ一枚で体から湯気を立ちのぼらせてやってきた。冬の最中《さなか》に尋常じゃない姿だ。

「ななな、なにをやってたの、あんたは！」

「年末年始は運動不足になりがちだからな。気の向くままに自転車を漕《こ》いできた」

いくらなんでも、大晦日に湯気が出るほど自転車を漕がなくてもいいんじゃないか。あいかわらず体力だけは有り余らせている弟だ。呆気《あっけ》にとられた私に、弟は突然、

「そうだ、トンタク！」

と呼びかけてきた。

「トンタクって……、私のこと？　それは『オタクな豚』という意味？」

弟は前々から私のことを「ブタさん」と呼んでいるのだ。その呼び名がとうとうバージョンアップしたのであろうか。

「ちがう」

と弟は厳《おごそ》かに言った。「たしかにおまえはオタクだが、トンタクのタクはタクアンのタクだ。おまえこのあいだ、うちの車に豚の挽肉《ひきにく》を忘れていっただろ。だれにも気づかれぬまま肉が腐り、車内にタクアンのにおいが充満して迷惑を被《こうむ》ったんだ」

「まあ。せっかく買った挽肉はどこに行っちゃったのかと思ってたのよ。しかしなんで、挽肉がタクアンのにおいを発したのかしらねえ」

「知るか。今後は買ったものぐらい忘れずにちゃんと持ち帰れ。さもないとおまえの呼び名はトンタクのままだからな」

弟は自室に引きあげ、入れちがいに父が庭から居間に入ってきた。

「あれ。お父さん、散髪に行った？」

「行ってないわよ！」

と叫んだのは母だ。「新年を迎えるってのにボサボサじゃない！」

「そうかなあ。なんだかさっぱりしたみたいな気がするけど」

「髪の総量の変化が影響してるんでしょ。あんたがそうやって甘やかすから、お父さんがますます散髪もしない男になっちゃうのよ」

父と私が母に小言を食らっているところへ、再び弟が現れた。今度は上半身裸で湯気を上げている。

「さっきからホントに、なんなのあんたは！　なんでどんどん服を脱いでんの。冬なんだよ、いまは！」

「部屋で限界まで腕立て伏せしてきた。ふぃー」

頼むからその体力を、大掃除などの有益な行為に向けてほしい。実家に帰って家族と過ごしても、気の休まるときがないのである。

# 一富士二象三杏仁

初夢というものを、私はほとんど意識したことがない。しょっちゅう寝ていていっぱい夢を見るので、ふだんから夢には無頓着だ。けらけら笑って目覚めることも多いが、たいていは布団から身を起こした瞬間に忘れる。そういうわけで例年、どれが初夢だったのかよくわからん、という状態なのだが、今年はちがった。ちゃんと年を越したことを確認してから眠りに就き、見た夢もはっきり覚えていた。

その夢がなんと、富士山の夢だったのだ！

こいつぁ縁起がいいや、と雑煮を食べながら思った。べつに初夢に備えて、「富士山富士山、鷹、せめて茄子《なす》でもいい」と念じながら寝たわけではない。それなのに富士山だ。あれ、初夢って一月一日と一月二日のあいだの夜に見るものを言うのか？ まあいい。一月一日に日付が変わったあとに見た夢なんだから、初夢にはちがいない。

しかし、どうも解せない部分もあった。その富士山は赤茶けた砂漠のなかにそびえていたのだ。イメージ的には、アリゾナ州（行ったことないが）の砂漠って感じだ。私は砂漠を旅していて、ふと見上げると、阿蘇山に酷似した外輪山の山並み越しに、月面のごとく岩と砂ばかりの富士山頂（これまた赤茶けている）が覗いていたのだった。

アリゾナ州らしき砂漠で外輪山越しに見える赤い山って、それ富士山じゃないだろ！

まあいい（いいのか）。形はたしかに富士山だったから、あれは富士山だ。めでたい。

そんな話を、知人のOさん、MJさんとしていた（マイケル・ジャクソンの大ファンなので、イニシャルをMJとする）。Oさんは、「私もなんだか縁起のよさそうな初夢を見たんですよ」と言った。

「たぶんバリ島だと思うんですが、南の島の美しいビーチに私はいるんです。そうしたら青い海から突然、大きな象がたくさん、象使いたちとともにザバーッと現れました」

なんて独創的な夢だ。しかし、なぜいきなり象なのだ。その形状からして、性欲かなんかを象徴してるんではあるまいな？

だがたしかに、いいことがありそうな夢だ。めでたい。

「MJさんはどうです？　なにか夢を見ましたか」

「私は杏仁豆腐《あんにんどうふ》切り大会に参加していました」

「はい？」

「エスカレーターの手すりのようなベルトコンベアーに乗って、延々と細長い杏仁豆腐が流れてくるんです。私は必死に包丁で切るんですが、もう際限がなくて……。しかも、せっかく切った杏仁豆腐が、足もとの巨大な盥《たらい》に落ちるときに崩れてしまうんですよ！『べしゃ』と杏仁豆腐が崩れる音が、いまも脳裏にこだましています……」

ＭＪさんは哀しそうにうつむいた。どうして新年早々、賽《さい》の河原の石積みみたいな夢を見るんだＭＪさん！　めでたくない。

「杏仁豆腐切り大会」ではやはり、杏仁豆腐をどれだけ素早く、美しい菱形《ひしがた》に切れるか、を競うのであろうか。縦横無尽に包丁をふるうＭＪさんの姿を想像してみる。いやあ、なにも杏仁豆腐を、そんなに猛然と切ることないのになあ。

夢に立ち現れる光景は、いつもどこか滑稽で、それゆえか少しさびしい気配が漂っている。

# 甘い絆

そろそろあの、茶色くて固くてコロッとしたものが出現する季節だ。いや、ゴ○ブリじゃない。甘くておいしい、そう、チョコレート！

ここ数年、バレンタインの時期に女性からチョコをいただくことが多い。告白とともに差しだされるわけではなく、「これ、おいしいから食べてみてー！」という歓喜の叫びを伴っている。

それで私は、自身が恋愛戦線から退いているあいだに（まあ、前線に出てたためしはないのだが）、バレンタインという行事にどうやら変化が生じたらしいことを察した。

私にチョコを勧めてくださる女性たちの表情は、幸福と誇りに輝いている。たとえて言うなら、「綿密な計画のもとに狩りに出たら、案の定、まるまる太ったおいしそうなキジを仕留めることができた。ハンターとしての己れの嗅覚と才能が怖い！　さあ、キジ肉をお裾《すそ》わけするから、あなたも味わってみてちょうだい！」といった感じだ。

チョコを山ほど購入した女性たちは、それを告白とともに男性にそっと差しだしたりなんかしない。仲間内だけでわけあって、思う存分もりもり食べる。

「でも俺は、会社の女の子たちからチョコ（義理）をもらってるぞ？」と思うかたもいらっしゃるかもしれないが、甘い（これはチョコの味への感想ではない）。

女性たちが仲間内で食べてるチョコがキジだとすれば、義理で配るチョコは残念ながら、スズメである可能性が高い。茶色くてかわいくて、食べるとまあおいしいけれど、そのへんによくいる鳥だな、というスズメ的チョコなのだ。

女性たちの狩りの主戦場は、各デパートで開催されるバレンタインフェアの会場だ。ここに並ぶ獲物（チョコ）はもう、ほんとにすごい。私も去年、思いきって会場に突撃してみて、びっくりした。

あまりのひとの多さにあっけなく五分で敗退し、手ぶらですごすご帰宅したのだが、宝石のようなチョコの数々は未だに脳裏に焼きついている。値段も食べ物としては宝石的で、美しい小箱に丸っこいチョコがふたつ入っただけでン千円、という品がごろごろある。目ん玉が飛びでた。

つまり、バレンタインはいまや、各国から選《よ》りすぐったおいしく美しい高級チョコレートを、女性が買い求め、女性が味わうお祭りとなっているのだ。

激戦をくぐり抜けてお目当てのチョコを入手した女性たちは、それを恋のアプローチのための手段として使うのではなく、自分の心身を満たす糧《かて》として大切に胃に収める。同時に、味覚という個人的な喜びをともにしたい仲間に、戦利品のチョコをお裾わけするのだ。

バレンタインは恋のイベントではなく、女性たちの友情のイベントとなりつつある。男性陣は現在のところ、やや弾《はじ》かれ気味だ。高級チョコをあげても、「そういえば小腹がすいてたんだ」なんて言いながら、ありがたみもなくバリバリ食べちゃうからだ。しかし、バレンタインはやがては完全に、「性別に関係なく、友情と信頼を確認しあうイベント」になるのではないかと私は思う。
親しいひとと、おいしいチョコをわけあって大切に喜びを味わう。恋や義理とは無縁のそういうバレンタインを、私は夢想する。

文庫追記：私のまわりでは、最近は「女性同士の友情チョコ」のやりとりもやや下火になった気がする。混雑するバレンタインフェア会場に突入する体力が失われた、ということもあろう。しかし一番の原因は、「それなりに値の張るチョコをあれこれ食べてみて、一定の値段を超えるチョコはみんな、『おいしいチョコ』の味がする、と納得がいったから」ではないか。いやもちろん、ショコラティエがさまざまに工夫し、腕を振るっているのだから、「おいしいチョコ」にもさまざまなバリエーションがあるのだと思う。でも、そこまで微妙な差違って、素人にはあまりわからない。そのため、「混雑するバレンタインの時期に、必死にチョコを探求しなくてもいいや」となった気配がある。
ちなみに私は、もともとそこまで甘いものへの欲望がないので、以前から百円の板チョコも高級チョコも「等しくおいしい」と感じていた派だった。ちがいのわからない女。男性陣をどうこう言える立場ではなかった。面目ない。

# 加齢の初心者

部屋にテレビはあるのだが、映らない。面倒くさくてアンテナをつないでいないからだ。どうしても見たい番組があるときは、だいたいお蕎麦屋さんに行く。

蕎麦屋のテレビのチャンネル権は私にはないわけだから、見たい番組が映ってるかどうかは賭けだ。テレビの見える席が空いてるかどうかも賭けだ。このドキドキ感がなかなか楽しい。私にとってテレビ鑑賞とは、「スイッチを入れれば好きなときに好きなチャンネルを見られるもの」ではなく、己れの運勢を占うがごとき一大イベントとなっている。

先日、蕎麦屋のテレビで大河ドラマを見た。「見るぞ、見るぞ」と朝から待ちかまえ、暖簾をくぐってチャンネルがＮＨＫに合ってるのを確認した瞬間、「天下を取ったり！」と内心で歓喜した。ようし、今日の俺は運が向いてるぜ。

ところが、画面が暗くてよく見えない。テレビ画面への光の反射の加減もあるだろうが、室内の場面になるともう全然駄目だ。真っ暗ななかで、登場人物がなにやらもぞもぞしている気配だけが伝わってくる。

日曜夜八時の大河ドラマで、大胆なベッド（ていうか布団）シーンもあるまいが、うーむ？「見えない……」とつぶやきつつ、しょうがないから勝手に想像をたくましくする。

主人公が泣き叫びながら家から飛びだしていったので、実際は布団シーンではなく、だれか死んだのであろう。

それで思ったのだが、新聞の投書欄には必ずと言っていいほど、「時代劇の画面は暗くて見えない！」という怒りの意見が載る。老人からの投書が多いようだ。時代劇を見るのはお年寄りが多いせいなのか、テレビの明るさ調整の設定がうまくできないのはお年寄りが多いせいなのか、理由はよくわからない。

私自身は、時代劇の画面が暗くてもべつにかまわぬ、と思う。電気もない時代の出来事を劇でやってるのだから、あまり明るすぎても興ざめだ。そのうち屋外のシーンになるし、見えない部分は適当に脳内で補完しておけばいいだろう。

問題は、私はいままでテレビ画面が暗いと感じたことなどなかったのに、ここに来て急に、「見えない！」と歯噛《はが》みするようになった点だ。

これはもしや、加齢の証《あかし》ではあるまいか？　お年寄りが暗い画面を嘆くのは、テレビの明るさ調整の設定ができないせいではなく、明暗に対応する自身の目の機能がやや衰えはじめているせいだったのではないか？　ぶるぶる。私の目も確実に、筋肉だか瞳孔の伸縮度だかが緩んできているようだ。ああ加齢。

これまでも、「足がむくむ」「まぶたがしなびちゃって、アイラインをうまく引けない」など、ピチピチしてたころには思いもしなかった事態に見舞われてきたが、ここに来て新たな項目が加わった。

時代劇の画面が暗くて見えないと感じたら、要注意だ。「年とったなあ」と感慨にふける年齢に差しかかりつつある証拠なのだ。

身体機能が衰えるにつれ、それを補う想像力がますます必要になってくるが、勝手に布団シーンを妄想してウハウハしてるようでは、正しく物語を追うことなどできやしない。すぐに布団シーンを連想しちゃうのは、まだ若さを捨てきれずにいるということだろうか。反省だ。

# 楽しい表示

永田町駅の、地下鉄半蔵門線ホームから有楽町線ホーム方面へ上がる際に使用する階段は、とてつもなく長い。

永田町駅を利用したことのないひとには、「なんのこっちゃ」な話題で申し訳ないが、「とにかくすごく長い階段がある地下鉄の駅」と思っていただきたい。雲を突くほど（といっても、あくまで地下なわけだが）長い階段がそびえ立っているのだ。

もちろん、ちゃんとエスカレーターが設置されている。私は以前、父親に抱っこされた小さな女の子が、そのエスカレーターに乗っているところに遭遇したことがある。

女の子は、ぐんぐん上っていくエスカレーターの高さと傾斜を父親の肩越しに目の当たりにし、「こわいよー」と泣き叫んでいた。幼心にトラウマを残しかねんぐらい長い。高所恐怖症の気がある私は当然、そのエスカレーターに乗ってうしろを見ることなど絶対しない。下りエスカレーターを利用するときは、手すりのあたりを凝視して過ごす。

さて先日、電車を降りてホームからその階段に差しかかろうとしたところ、あいにくエスカレーターには列ができていた。急ぐひと用の通路としてエスカレーターの片側を空けるぶん、水はけならぬ「人はけ」が悪くなっていたのだ。

私は列に並ぶのが苦手だ。唯一、我慢できるのは、書店のレジの列に並ぶときぐらいだ。数秒とはいえ、エスカレーターに乗るために待つなんていやだ。そこで反射的にエスカレーター利用を断念し、階段を上ることにした。

最初の数段を上った時点で、「しまった」と後悔した。ここの階段、ものすごく長かったんだっけ！　しかしいまさら回れ右して階段を下り、エスカレーターに乗り直すのも恥ずかしい。「あいつ、長い階段に早くもギブアップか。ふっ、素直にエスカレーターの順番を待てばいいものを」と思われるんだろうなと思うと、いたたまれない。いや、階段付近で他人の動向を気にしているひとなどいないとわかってはいるが、意地というものがある。

私はひたすら、長い階段を上った。上りきったところにお寺でもあれば、まだありがたみも出てくるのだがな、などと考えつつ、黙々と上りつづけた。そしてふと気づいた。階段の段差部分の右隅に、小さく「40」と書いてある！

これはもしや……。頭のなかで数を数えながら、なおも上る。十を数えたところで、またも段差部分に数字を発見。今度は「50」だ。

やっぱり！　あまりに長い階段を上る人々へ、せめてもの「上り甲斐」を与えるためか、駅側がぬかりなく段数を表示したもようである。粋なはからいではないか。

十段ごとの表示はついに「90」を数え、そこからは「91」「92」と一段ずつカウントされていった。そしてやっと上りきった最後の段数は……「96」。

半端だ！　一段削って九十五段にするか、もういっそのこと段数が増えていいから百段にしてほしい！　なんとなく脱力する。

　というわけで、永田町駅の長い階段は九十六段あるようです。途中までは私も段数表示と照らしあわせて数えていたのだが、そのうち息が切れて、それどころじゃなくなった。駅員さんたちは何度も段数を確認したんだろう。えらすぎる。

# 黄金山

得意料理は、と尋ねられるのは厄介なことだ。

なんでそんなこと聞くんだ。私と共同生活を営みたいという願望があるのか。よしんばそうだとしても、「俺の得意料理はボルシチなんだけど、きみは？」と順序立てて質問するのが筋ってもんじゃないか。

とにかく、「話のついでに」って気楽な感じで得意料理を聞くのはやめてほしい。心の機微をうまく説明できないけど、その質問はなんとなく不愉快なんだ。

つまり、それは私がほとんど料理をしないからなのだが、そんな私の得意料理は煮込み料理だ。

煮込み料理はいい。適当な具材を適当に切って適当に鍋に放りこみ適当に酒や醬油《しょうゆ》を入れて適当に火にかけておけばできあがるからだ。

しかも一回作れば、何日かはおかずに困らない。しばしばまずい煮込み料理ができてしまうことには非常に困惑しているが、そんなのは煮込み料理の利点に比すれば些細な問題だ。

さて先日、知人A氏とのあいだで、料理が話題になった。

そこに至るまでに、A氏の家庭生活についていろいろ話していた。A氏の家では細君もA氏もバリバリ働いているので、家事や娘さんの世話は両者で分担して行う。当然のことだ。当然のことだが、いざ実行に移すとなると、諸般の事情で難しいときも多々あろうと推測する。

しかしA氏は実に楽しげに、気負いなく、「まったく当然のことである」という態度で、家事や娘さんの保育園の送り迎えをこなしているようだ。

ひとつ屋根の下に住む人々への思いやりと想像力を欠かさず、「自分にできることはないか」と常に試行錯誤する。こういうひと（特に男性）は、いそうでなかなかいない。いたとしても、そんないい男が放っておかれるはずがないからすでに結婚しているか、一人でなんでもできるから独身主義か、どっちかだ。

A氏は前者なわけで、その点では「チッ」と舌打ちのひとつもしたくなるが、はたしてA氏の作る料理とはどんなだろう。もちろん、「得意料理は？」なんて愚にもつかぬことを質問はしないが、私は興味を持ってA氏の料理話に耳を傾けた。

「僕の得意料理は（質問してないのに自分から申告するA氏）、『黄金山《こがねやま》』です」

「……なんですか、それ」

「僕が考案しました。このメニューをひっさげて、テレビの料理番組にも出たことあるんですよ。まず、フライパンで卵を薄く丸く焼きます」

「はい」

「それを丼《どんぶり》に敷きます」

「はい」

「ご飯を丼の、そうですねえ、五分の一ぐらいまでぎゅうぎゅう詰めます。そこにオカカをまぶして醬油をかけ、さらにご飯をぎゅうぎゅう詰めて、今度はほぐした鮭、さらにご飯をぎゅうぎゅう詰めて、フリカケを厚めに、さらにご飯を詰めて」

「いや、もういいです。それで?」

「それで、お皿にポンとひっくり返して丼を取ると……、ほーら、黄金山のできあがり! オカカや鮭やフリカケがご飯のあいだで層になってるから、切ってもきれいです! しかも、自分の空腹度合いによって層の数を調整できるので便利!」

Aさん、Aさん、それ「料理」じゃないから! いったいどんな料理番組に出たんだ。

# 粒とつきあう

現在、あれに苦しめられているひとは多いだろう。目に見えぬ脅威。ミクロの黄色い粒の襲来。やつらから身を守るすべはない。嗚呼。

そんなある日、電車に乗っていたら、男子高校生二人の会話が耳に入ってきた。

A「あー、今日はすっげえ飛んでる」

B「つらそうだなあ。俺は全然なんだけど、量までわかるもんなの?」

A「わかるよ。目のかゆさの具合とか、クシャミの回数とかで」

B「おまえ……、敏感なんだな」

A君同様、連日花粉に苦しめられている私が、鼻水を垂れ流しながらもニヤリとしたのは言うまでもない。「敏感なんだな」ってのは、なにかちょっと隠微《いんび》な響きだわー。

B君の口調には明らかに、「Aよ、苦しむおまえをよそに、俺ときたらてんで花粉を感知しないニブチンですまない」という気持ちが感じられた。では、B君に「敏感なんだな」としみじみと言われたA君はどうかというと、黙って微笑《ほほえ》みを浮かべたのである。それはもちろん、「気にするな、B。こんな黄色い粒など、感じずにいられるなら、それに越したことはないんだ。きみが花粉症にならないよう、僕は心から願っている」という意味合いの微笑だったと私は見た。

相手を深く思いやっているとわかる会話には、電車のなかではあまり遭遇できない。周囲に耳目のある場所では、ひとは当たり障りのない口調や身振り手振りに終始してしまいがちなものだからだ。

しかしA君とB君のように、なんてことのない話題から、真情があふれでているケースもたまにある。この二人は気の合う友人なんだろうなあということ。二人ともとても優しいひとなんだなあということ。それが会話の温度から感じ取れて、私はすかさず、心の帳面の「いい距離感の二人」欄に記録したのだった。

そして思ったのは、「花粉症」は人々のコミュニケーションにずいぶん役立っているな、ということだ。

花粉症のひと同士は、「今日はすごい量ですねえ」「ええ、ほんとに」と鼻水をズルズルさせながら挨拶を交わす。そこには、「お互い、目に見えぬものに同じように苦しめられている」というたしかな共感と連帯感がある。

花粉症のひとと花粉症じゃないひとのあいだでも、A君とB君のようなやりとりや、「おまえもそのうち花粉症になるぞー」「不吉な予言はやめてくれよ」などという冗談を交わすことが多い。

花粉症じゃないひと同士も、「花粉症ですか?」「いや全然」「私もですよ。この時期、逆に肩身が狭いですよね」と旧交を温めて(?)いるだろう。

これがたとえば、「月を見ると全身から毛が生える」というアレルギー症状だったとしよう。しかも、この症状を発するのは世界で一人か二人だとしたら。だれかと症状について語りあいたくても、みんな「狼男だー!」と泡を食って逃げていってしまう。すごく孤独だ。

仲間がいる心強さ。自分と他人とのちがいなんて、なににアレルギー反応を起こすかのちがい程度の問題なんだから、自分と異質なひとを躍起になって排除するのはまったく愚かであるということ。

花粉症は体感を伴って、いろいろと教えてくれる。と、せめて前向きに考えてみる。ズルズルズル。

## 破壊の呪文

電車のなかで、会社員らしき若い女性二人の会話を聞くともなしに聞いていた。ところで私はエッセイで、乗り物のなかで聞いたいろんな会話をよく取りあげる。いつもひとの話を盗み聞く、スパイみたいなやつだと思われるかもしれないが、実際のところそのとおりだ。いや、スパイなわけではない。ひとの話に聞き耳を立てるのが大好きなのだ。見知らぬひとがどんな生活をして、なにをしゃべっているのか、その一端を垣間見るのは楽しい。

さて、女性会社員二人は、同僚の男性について論評していた。

「○○さんって、仕事できるよね」

「うん、いろいろ気配りもしてくれるし、いいひとで有能だと思う」

「O脚《オーきゃく》だけどね」

私は噴きだすのをこらえるのに難儀した。O脚って、それが○○さんの有能さといったいなんの関係があるのだ！　しかし、「有能だけどO脚」というのは、有無を言わせぬ破壊力がある。「あー、O脚なんだ……」と思ってそのあとがつづかないというか。○○さんの有能さも人柄も、すべて別次元へと滅却《めっきゃく》せしむる論理無用の暴力的説得力がある。

女性会社員二人にはなにも悪意はなく、ただ事実を述べているだけなのだが、それゆえになおさら、「そんな関係ないことを持ちだすなよ」というおかしみと、「期せずして○○さんの実像の一面を活写しているようだ」という納得とを、盗み聞く私にもたらしたのだった。

この話を友人たちとしていて、では0脚のほかに、どんな事象が暴力的説得力を持ちうるかを、いろいろ検討してみた。結果、「有能だけど小指の爪《つめ》だけのびている」はどうか、ということに相成った。

小指の爪だけのびている。そういう男性って、たしかにいる！　なぜ小指の爪だけのばす必要があるのか？　友人たちは、

「絶対、鼻や耳をほじるためにのばしてるんだよ！　賭けてもいい！」

と強く主張したが、私はその説は採《と》りたくない。だって、ホントにそんなことのために爪をのばすの？　その爪を人目にさらして平然としてるなんて、信じられない！　信じたくない！　いくらおじさんといえども、まさかそこまで恥じらいのない生き物ではなかろう。

なにかのまじないとか願掛けの類《たぐい》じゃないだろうか。もしくは、小指の爪を使うような仕事に就いているとか（どんな仕事なのか、まったく想像できないが）。小指の爪だけのびている男性について、そういうふうに私は解釈するのである。

しかしなるほど、友人たちが思いついた「小指の爪だけのびている」は、0脚と同じく、

有能さや人柄を滅却するパワーに満ちている。人間の持つすべての美点を、軽々と打ち消すような威力がある。

なぜなのか。O脚や小指の爪だけのびてることが、悪いわけではもちろんない。だが、それらは言うなれば「隙《すき》」なのだ。有能で性格もいい、完璧に近いひとがふと見せる人間味であり生《なま》のにおいなのだ。

生活臭や習慣や個性。いくらバリバリ働いて稼いでも、どれだけ素敵な恋人とつきあっても、なくしたり装ったりできない、身に染みついた本質的な部分。それが、脚や小指の爪に表れるのではないか。そういう愛すべき小さな「隙」は、あってしかるべきだ。

## 窒息恐怖症

YHさんは最近、胃カメラを飲んだとのことである。

白くてドロッとした液体を飲まされ、ぶっとい筒状の物体を口から体内に侵入させられ、あまりに苦しくてえずくと、どんどん麻酔を打たれたとYHさんは語った（「なんだか猥《わい》談《だん》みたいだけど、そうじゃないからね」とも言った）。その話を聞いて、私はすっかり怖《お》じ気《け》を震ってしまった。

YHさんによると、それでも胃カメラは以前よりは小型化されているそうだ。現在では、小さなカメラを仕込んだカプセルも考案されているところだとか。飲んだカプセルが胃のなかで溶けたら、遠隔操作でカメラを動かして胃壁を検査するらしい。そのカメラも、やがては胃液で溶けてしまうらしい。『ミクロの決死圏』みたいな感じだが、本当にそんなことが可能なのか？

「そのカプセルってのは、どのぐらいの大きさを想定してるんですかね」

「カプセルって言うんだから、風邪薬ぐらいの大きさじゃないのかな」

「だったらいいですけど……。駄菓子屋さんで売ってる、コーラ味の飴みたいな大きさだとしたら、いやですよ」

「どうなのかなあ。案外、あれぐらいはあるのかもしれない」
あの飴が喉《のど》に詰まったら、確実に死ぬと思われる。現在開発中のカプセル胃カメラがどの程度の大きさと形状なのか、はっきりさせたいところだ。

だいたい私は、えずきやすい。うがいをしていても「おえっ」となるときがある。以前、歯の矯正をしていたのだが、歯型を取るのが毎回恐怖であった。一度など、歯型を取ってる最中にどうにも耐えきれなくなり、口内を満たすゴム状物質を自分で剝《は》ぎ取って、涙目で診察椅子《いす》にへたりこんだ。

しかし不思議なのは、まったくと言っていいほどえずかないひともいるという事実だ。歯型を取る際も、嬉々《きき》としてゴム状物質を歯に塗りたくられている子がいて、まったく理解しかねると思った。YHさんによると、隣の検査台には、苦しむふうでもなく粛々と胃カメラを飲んでみせたおじさんがいたそうで、強者《つわもの》と言うほかない。

この差はなんなのだろう。口の大きさや喉の太さといった物理的なものなのか、心構えの問題なのか。

そう考えてふと思い当たったのが、沖縄でダイビングをしたときのことだ。経験もないのに、いきなり船で沖合につれだされて海に投げこまれるという、荒行《あらぎょう》めいたダイビングだったのだが、これがまた苦しかった。私の脳裏に「窒息死」という言葉がよぎったのは、歯型を取るとき以外では、この一回かぎりのダイビングをしたときだ。ところが一緒に潜った友人は、優雅に海のなかを漂っている。半ば殺意に似たものを覚えた。

私のえずきやすさは、自分にとっての異物・異世界を拒絶せんとする頑なさから来ているのではないか。もっとおおらかな気持ちで体の力を抜き、胃カメラ、歯型、海中散歩と、なんでも受け入れ、楽しむべきではないか。

そう反省するのだが、しかし逆に、なんでもえずかず飲みこめるというのも、恐怖に対して鈍感すぎる精神のなせるわざではないかと思えたりもする。無論、えずかないひとへのやっかみだ。

# かなわんブギ

タクシーに乗った。

途中からの道順がちょっとおぼつかなかったのだが、運転手さんも「よくわからない」と言う。

「あの、じゃあカーナビは？」

と聞くと、

「搭載されてるけど、壊れてるんですよねえ」

と言う。個人タクシーではなく、会社のタクシーだ。もし壊れたのなら、会社がすぐに直すはずだろう。

「……壊れてるんですか？」

と多大な疑いをこめて尋ねたら、運転手さんはようやく口を割った。

「いや、壊れてるっていうか、機械が苦手っていうか」

バーコード頭で気の弱そうなおじさんである。「かなわんなあ」と思ったのだが、あまり責めても悪いかと気を取り直し、自分でカーナビを操作して行き先を入力した（カーナビのリモコンは、運転席と助手席のあいだの物入れに隠すようにしまってあった）。

もう安心とシートに身を預けるも、ちっとも安心ではなかった。この運転手さん、機械の操作ばかりでなく、車の運転も苦手だったのである。

首都高速で車線を大幅にはみだし、盛大にクラクションを鳴らされること二回。一般道でカーブを大曲がりし、対向車と激突しそうになること一回。そして恐るべきことに、車のスピードは常に制限速度よりも十キロは遅かった。それなのになんで、カーブをまともに曲がれないわけ！

「かなわんなあ」と思った。私の運転免許は「殺しのライセンス」と呼ばれている。その私から見ても、「俺にハンドルを貸せぃ！」と言いたくなるほど運転が下手だ。

緊張感あふれる車内で、カーナビが「しばらく直進です」と言った。運転手さんが、「お、お客さん、いまなんか言いましたか」と尋ねた。

「いいえ、私ではなくカーナビです」

「そうか。ちょっと音量が小さいんですがね」

リモコンで音量を上げてあげた。

次にカーナビが、「七百メートル先を右折です」と言った瞬間、運転手さんは右折した。

「七百メートル先って言ってるだろ、ごるぁ！」と思ったが、怒りを押し殺して、

「曲がるのはまだ先です。戻ってください」

と指示した。私はカーナビか。運転手さんは苦労してUターンし、まちがいを犯した交差点まで来ると左折しようとした。それじゃあ、もと来た道を逆走しちゃうだろ！

機械が苦手で運転も苦手で方向音痴。タクシー運転手としての適性に致命的に欠けてる気がする。

やっと目的地に着き、「領収書ください」と言ったら、運転手さんは案の定、領収書の出しかたがわからずまごまごした。そのあいだに、メーターが上がった。

「あっ、メーターが……」

と指摘したのだが、聞こえないふりだ。メーターが上がった料金をおとなしく払い、タクシーを降りた。

気弱そうな風情は、客に文句を言わせぬためのパフォーマンスなのかもしれぬ。そのパフォーマンスに対して喧嘩《けんか》を吹っかけられなかった私は、正真正銘の気弱だ。気弱合戦に勝ったわけだ。「貴様の気弱さなど、俺の気弱に比べれば塵《ちり》のごとし！」と誇ってみるも、むなしい。

「かなわんなあ、もう」と思った。

# 春のさびしさ

あたたかくなってきましたね。

私は最近、「花見。ピクニック。温泉。ダイエット。ぶらり一人旅。日なたで読書」などなど、「この春にしたいこと」を折りこみ広告の裏に書きつらねている。春とは関係なく取り組んだほうがいい事柄（ダイエット）も混じっているようだが、それはまあいい。

熱に浮かされたように、気がつくと願望を書いているので、広告の裏に並んだ文字は呪いみたいに禍々《まがまが》しい。精神が平熱に戻ったときに、呪文を羅列したその紙をうっかり見てしまい、部屋で一人、顔から火を噴いた。かわいそうな子……！

たとえば「ぶらり一人旅」からは派生する項目があって、そこには、「鳥取に行く。大《だい》山《せん》のふもと（「麓」と漢字で書けなかったらしい）のホテルで、やはり一人旅の男と出会う」などと書いてある。なんだよそれ！　悪い熱に浮かされすぎだ。

しかし現実は、春のイベントとは程遠い暮らしだ。毎日毎日、花粉に襲撃されて鼻にティッシュを詰めたままパソコンに向かっている。鳥取どころか、近所のスーパーにもしばらく行っていない。

考えてみれば、私は春のイベントにあまり参加したことがない。クリスマスなどの冬のイベントにも参加できていないが。つまり総じて、イベントと縁遠い。

花見からして、経験したことがないのだ。私はずっと、花見とは「桜を見ること」だと思っていて、桜ぐらい咲いてる時期に道を歩けばいやでも目に入るわいと、「花見？　したよ」と言っていたのだが、三年ぐらいまえに友人から遠慮がちな指摘を受けた。

「あのさ、花見っていうのは、花を見ながら桜の下で飲み食いすることなんだよ？」

そうだったのか！　いや、薄々そうなのかもしれないなあと思うときもあったのだが。

ついでに言うと、「紅葉狩り」も私はずっと誤解していて、紅葉した葉っぱを拾って帰ってくる行事だと思っていた。実際は、拾わずにただ見て帰ってくるだけでいいらしい。なんで花見は見るだけじゃだめで、紅葉狩りは狩らずに見るだけでオッケーなんだ。納得いかん。そしてどっちのイベントも、もちろんしたことがない。忘れてるだけかも、と記憶を掘り返してみたのだが、花見や紅葉狩りに出かけた覚えがない。

唯一、「あれは花見と言えるかも？」という思い出は、三歳ぐらいのときの春だ。私は両親と、庭にピクニックシートを広げて、昼飯におにぎりを食べていた。なんでわざわざ自宅の庭でおにぎりを食べることになったのか謎だが、陽気もいいし、ちょっと普段とはちがう場所で食事してみようと親は思ったのかもしれない。どこかに出かける金がなかったのかもしれない。ぐすん。

そのとき私は、幸せだなあと感じたのだ。両親がいて、お日さまがぽかぽかしていて、おにぎりがおいしい。だけど同時に、哀しみも感じた。幸せって哀しいもんなんだなあと思い、私の落としたおにぎりの具(鮭だった)を蟻《あり》が運んでいくのを眺めていた。

庭の片隅で桜が咲いていた気がする。でもそれは勘ちがいで、蟻が運ぶ鮭のピンク色と混同しているだけかもしれない。

# 果敢な国際交流

大阪の国立文楽劇場で、文楽公演を見てきた。

ところで、べつに見合いをせずとも、人間はたまに趣味の話をするものである。私はここ数年、「ご趣味は」と聞かれると、「文楽鑑賞です」と答えている。だが、それもあやしくなってきた。

文楽鑑賞は本当に趣味なのか？　徹夜で仕事したあとに早朝の新幹線に乗って大阪まで行き、舞台上で繰り広げられる人間模様に本気で憤ったり涙したりしている私の態度は、はたして「趣味」などという甘い言葉でくくれるものなのか？

趣味がないと、つまらない人間のように思われてしまう。しかし、文楽鑑賞を趣味と言い切るには、私の愛情は高まりすぎている。くうう。なにかを真剣に愛せば愛すほど、趣味という範疇《はんちゅう》から逸脱していくとは、歯がゆい矛盾だ！

しかしそれも、いたしかたないことだ。「愛」と「趣味」とは相容れない。趣味でひとを愛するひとがいるだろうか？　否！　「愛する」というのはなにごとも、趣味ではできないことなのだ。

もう趣味を持つのは潔く諦めて、真剣な眼差しを文楽の舞台に注ぐ。どうせ、見合いの席にお呼びもかからないしな。無趣味でつまらん人間ってことでいいわい。

観劇を満喫し、休憩時間になった。劇場のトイレに行くと、少し列ができている。このトイレは出入り口が二カ所あるため、必然的に列も二つできる。二つの列の先頭のものは、連なる個室のドアをあいだに挟み、顔を合わせる形になるのだ。列Aと列Bの先頭のものが、空いた個室に交互に入っていく仕組みだ。

私が列Bの先頭に達したとき、列Aの先頭にいたのは、白人女性だった。個室がひとつ空いた。ところが彼女はそこに入らず、困った顔で自分のうしろにならんでいたおばさんに順番を譲った。

次に、もうひとつ個室が空いた。順から言ったら、私の番だ。個室に入ろうとした私は、そこでようやくピンときた。さっき空いた個室は、たぶん和式だったのだ。そして、いま私が入ろうとしている個室は洋式。

個室に向かいかけた足をとめ、しかし「こっちは洋式ですよ、どうぞ」と異国語でなんと言えばいいのかわからなかった私は、洋式の個室のなかを手で示して、

「いえーす」

と言った。アホか！　なんだ「いえーす」って！　そもそもこの白人女性は、英語圏からの旅行者なのか。ていうか、「いえーす」って英語のつもりなのか自分！

瞬時にそれだけ考え赤面した私の意図を、しかし白人女性は汲んでくれた。なにやら異国語で感謝の意を表明しているようで、「サンキュー」って言葉が聞き取れたから、たぶ

ん英語圏のひとだったんだろう(「いえーす」が英語だったのかどうかはさておき)。

白人女性は洋式の個室に入っていき、私は次に空いた和式の個室に(列Aの先頭に立ったおばちゃんの後押しもあって)無事に入り、用を足した。

身体が醸しだす雰囲気で、相手の気持ちを察することは案外できるものである。それにしても「いえーす」は酷《ひど》い。「英会話学校に通うこと」を、趣味にすべきときだろうか。

# 解脱の境地

薄暗い飲み屋。その店にはダーツがあって、おしゃれな恰好の若い男女が集っているので、いつもちょっと行きにくい。でもよく行く。家の近所で、ご飯がおいしいからだ。眉毛も描いてなかったし、毛玉のできつつあるスウェット姿だったが、まあいいかと思った。ホントに近所なのだ。家から徒歩三分の距離なのだ。どうせ店内も暗いし、見えやしないだろうと、そう思ったわけだ。……なにか必死に言い訳してる気配があるな。

店で飲み食いしていたところ、若いカップルがダーツをやりはじめた。女の子のほうはだんだん夢中になって、男を放りっぱなしだ。男は不機嫌オーラを発していたが、女の子は気づいていないようだ。

事件は、女の子の放ったダーツが大きく的をはずれた瞬間に起きた。男が、「だらしねえなあ。そこのブスに鼻で笑われたぞ」と言ったのだ。

一瞬、店内に沈黙が落ちた。私はゲームの行方を時折眺めつつ、（薄暗さにめげず）本を読んでいたのだが、「おいおい、なんてこと言うんだ」と思って顔をあげた。そして気づいた。いまこの店内にいる女は、ダーツしてる女の子以外に、私だけ……。

えーっ、ちょっと待ってよ！　私は鼻で笑ってなんかいないよ！　表情すら変えてなかった。ていうか、ブスってなんだ、こら！

即座に以下のことが脳内をめぐった。

一、小学生男子じゃあるまいし、いくら酔っていて機嫌が悪いからといって、「ブス」と公然と言い放つ男はいないだろう。きっと聞きまちがいだ。
二、「そこのボスに鼻で笑われたぞ」「そこの牛に鼻で払われたぞ」「損なう死に花でおおわらわだぞ」……だめだー、どうしたって聞きまちがえようがない！

となると、幻聴だったということが考えられる。被害妄想っていうか、だれもおまえの顔なぞ気にしちゃいないよっていうか、きっとそんなところだろう。

私は救いを求め、隣の席にいた見ず知らずの男性におずおずと視線をやった。男性は視線を感じてビクッとし、渋々こちらを見て言った。

「酔ってるんですよ」

ぎゃー、やっぱり！　やっぱりダーツの男は、「ブス」って言ったんだ。私は力なく「はい……」と答え、また読書を続行したのだった。

それで思ったのが、大人になったんだなあ自分、ということだ。「ブス」と言われても、「まあ、そうだよな。ひどい恰好で出歩いてるし」と、なんだか納得してしまったのだ。

これが思春期のころだったら、激しく傷ついていたこと請けあいだ（自慢じゃないが、私は思春期のころ通りすがりの男に、聞きまちがえようもなく突然「ブス」と言われたことがある）。数年まえまでだったら、まだちょっととんがった部分も残していたので、「表《おもて》出て、貴様の顔が変形するまで勝負するか、ごるぁ！」とバトルに持ちこんでいたこと請けあいだ。

ところがいまでは、「心の醜い男ね。彼女にふられるといい！」と毎晩呪詛《じゅそ》するだけに留める、気高い精神の持ち主に成長したのである。仏じゃなかろうか。

# いやな感じに用意周到

またもや電車に乗ってるときの話で恐縮なのだが、このあいだ気づいたことがあった。

私、切符を準備するのが早い！

つまり、電車から降りて改札を通るために、切符や定期券を手もとに用意しとかなきゃなりませんよね？　その用意を、私は異様に早くからしているのだ。電車を降りるときには、鞄から出した切符を必ず手に持っている。このあいだなんて、降りる予定の駅のひとつ手前の駅に電車が着いたときには、もう切符を手に持っていた。

いくらなんでも早すぎる。

ほかのひとはどうなんだろう、と観察してみたところ、ホームから改札口へ通じる階段を上りきった時点とか、改札が目のまえに迫った時点とかで、鞄から切符や定期を取りだすひとが多いようだった。

そりゃそうだ。自動改札に通せばいいだけの作業なのだ。なにも五分もまえから、切符を握りしめて身構えている必要はない。

自分がちょっと恥ずかしくなった。早々と切符の準備をするというのは、「無駄にあせっている人間」「自身の段取りの悪さを取り繕おうとして、かえって段取りが悪いことを露呈してしまっている人間」ぽくて、あまり美しい行為とは言えない気がする。

そこで、「ぎりぎりまで切符は鞄にしまっておく。せめて改札が視界に入るまでは、絶対に切符に手を触れない」と決然と覚悟して電車に乗ってみた。ところが気づいたら、やっぱり降車予定の駅のひとつ手前で、すでにして切符を握りしめているのである。いつのまに手のなかに切符が⁉ マジシャンか、私は！

どうも無意識のうちに、スムーズな改札通過に備えておかねば気がすまぬようだ。そんなにせっかちでも几帳面でもないはずなのに……。「よく寝坊するせっかちなひと」や「部屋がものすごく汚い几帳面なひと」というのが、語句の定義的に許されるのならば、私も「せっかち」であり「几帳面」であると自称してもいいかもしれないが。

しかしたしかに、私は局地的にせっかちかつ几帳面だ。たとえば切符を買うとき、私は券売機の列に並びながら料金表を眺め、あらかじめ小銭を用意して順番を待つ。ところが、ボーッと並んでいて、自分の番が来てからやっと料金表を見上げ、もたもたと財布を開けるひとがいるのだ。おまえは並んでるあいだ、なにをしてたのかっつう話だ！

自分でもおかしいと思うのだが、そんなふうに一瞬憤ってしまうのである。べつに急いでいるわけではない（私には急用があったためしがほとんどない）。ただ、列に並んだり、改札に引っかかったりというのが、極度にいやなのだ。だから、自分でも準備に怠りないよう心がけ（そのわりに、しょっちゅう券売機のまえで小銭をばらまいたり、改札に引っかかったりして、うしろのひとに迷惑をかけてるが）、切符を買うのにもたつく老人などを見かけると、「どこまで行かれるんですか?」などと声をかけてしまうのだ。私がこれまで、券売機で切符を買うのを手伝った老人は、五十人は下らないと思われる。
この異様にせっかちで几帳面で用意周到な部分を、もっとべつの局面で発揮できていれば、いまごろ遅刻知らずで部屋も綺麗な人間になっていたことだろう。

文庫追記：いまや切符はほとんど使わなくなりましたね。先日ひさびさに切符を買ったら、四十分ほど電車に乗っているあいだに、ジーンズのポケットのなかでくしゃくしゃになっていた。紙の切符が日常だったころは、こんなことなかったのに、取り扱いかたをすっかり忘れてしまったようだ……。と思って、ふと気づいた。俺の肉が膨張した結果、以前と同じように取り扱ってるのに、腹圧（?）でくしゃくしゃになっただけじゃないか、これ。気づきたくなかった事実だ。

# 屋根の下で眠るもの

母と一緒に昼ご飯を食べていたときに、どんな話の流れであったか忘れたが、

「ふうん、そりゃあ『太郎の屋根に雪ふりつむ』だね」

と私が言ったところ、

「なあに、それ？」

と母は言う。

三好達治の『雪』という詩だ。


太郎を眠らせ、太郎の屋根に雪ふりつむ。

次郎を眠らせ、次郎の屋根に雪ふりつむ。


国語の教科書に載っていて、短かったので覚えている。

「あるんだよ、そういう詩が。しんしんと雪が降るなか、太郎と次郎がそれぞれのおうちで眠っている、っていうの」

私が説明すると、

「……犬？」

と母は言った。

犬なわけあるか！　そりゃあ南極にも雪は降るだろうが、犬なわけあるか！

あまりの衝撃に、どんな話の流れであったか忘れてしまったのもむべなるかなだ。

「タロとジロ＝『南極物語』の犬の名前」という、一定以上の年齢のひとにとっては拭い去りがたく植えつけられた「常識」の根深さに驚いたが、我が母の詩情のなさにも驚きを禁じ得ない。

しかしよく考えてみるとたしかに、三好達治は単に「屋根」と言っているのであり、それが犬小屋の屋根ではない証拠はない。犬小屋なんて埋もれるほどの豪雪地帯を勝手にイメージしていたが、私のそのイメージこそが誤りであったのかもしれない。

試しに、この詩に登場する太郎と次郎を犬であると仮定して、情景を想像してみた。するとどうだろう。べつに問題ないではないか。静かな幸福感と、少しのさびしさは、屋根の下で眠るのがひとであっても犬であっても、なんら損なわれるところがないように私には感じられる。なるほど、これこそが、この短い詩の持つ揺るぎない魂なのであり、言葉の力なのだなと、改めて三好達治のすごさを思い知らされた。

試しに、太郎と次郎をいろんなものだと仮定して、情景を想像してみた。猫、馬、キリン、金魚、おじいさんが大切に育てている盆栽（「太郎松」と「次郎松」という名前がついてるのだ）などなど。

いける、いけるぞ！　およそ睡眠を取りそうな生き物、いや、生き物じゃなくてもいい。人間が共感と愛情を持って相対することのできるものならば、なんでもこの詩のなかの太郎と次郎になれることがわかった。たとえば、車をすごく愛してるひとにとっては、「太郎」と「次郎」という名のついた車だと仮定しても、たぶんこの詩が喚起する情景は有効だろう。その場合、「太郎の屋根」とは車庫の屋根なのである。無機物すらも受け入れる懐の深さ。すごいなあ、三好達治！

私が唯一、「うーん？」と感じたのは、太郎と次郎を恐竜だと仮定してみたケースだ。恐竜は屋根の下で眠るには大きすぎるうえに、私自身が恐竜に対してあまり思い入れがないためのようだ。つまり、ひとえに私の想像力と恐竜への愛情が不足しているのが原因で、「こんなことではいかん」と反省した。

幸福なさびしさのなか、犬たちは静かに眠っている。

# 変な癖

先日、実家へ帰ったら、父が居間のテーブルで一心不乱にグレープフルーツの皮をむいている。

父はふだん、なにごとにおいてもズボラなほうなのだが、果物の皮に関してはちがう。桃もリンゴもやけに几帳面に皮をむく。柿をむく速度と確実さに至っては、もはやプロとしか思えぬ手際のよさを見せる。

グレープフルーツをむく父も、やはり真剣な表情であった。一房むいては食べ、というようなことはしない。全部をむいてから、己れの作業に満足しつつ一気に食べたいらしい。一房、一房、甘皮を丁寧にむき取って、むきだしになった果実を積みあげている。

「ははあ、やってるな」と思い、父を観察していた私は、妙なことに気づいた。父はグレープフルーツの房をむきながら、「ひー、ひー」と絶え間なく言っているのだ。ささくれにグレープフルーツの汁が染みてたまらない、といった感じの声だ。

「どうしたの、お父さん。どっか怪我でもしてるの？」

と聞くが、作業に夢中な父は明確な返事をよこさない。ただ「ひー、ひー」と言いながら、黙々と手を動かしつづけるのみである。

私は心配になってきた。よっぽどささくれが痛むのに、父は我慢しているのではないか。だが、「私がむこうか？」と持ちかけても、父は「いい！」の一点張りだ。

なにを意地になっているんだろう。推移を見守っていると、すべての房をむき終わった父は、山盛りになった果実をうれしそうに、次々に口に放りこみはじめた。

「あのさ」

と私が話しかけると、父はやっと周囲の声に耳を傾ける余裕ができたのか、

「あげないぞ」

と言った。「これはお父さんがむいたんだからな」

「いや、そうじゃなくて。なんで皮をむきながら『ひー、ひー』って言ってたの？」

「言ってたか？」

「言いっぱなしだったよ！」

父はもぐもぐとグレープフルーツを咀嚼《そしゃく》しながら、

「たぶん、酸っぱそうだったからだな」

と言った。「柑橘《かんきつ》類を見ると、『ひー』となる」

「えっ、グレープフルーツだけじゃなく？」

「甘夏でも伊予柑でもオレンジでもそうだ。むくときにいつも、『ひー』と思っている」

「思ってるだけじゃなく、実際に声に出ちゃってたよ。でもいまは、全然酸っぱそうでもなく、ばくばく食べてるよね？」

「食べると、想像していたほどの酸っぱさではないんだな、これが」

三十年も親子をやっていてまったく気づいていなかったが、父はどうやら柑橘類の皮をむくときは必ず、「ひー、ひー」と言っていたようなのだ。そしてその理由は、「想像の酸っぱさ」に身もだえせずにはいられないから、らしいのだ。

度を越した「酸っぱさへの杞憂《きゆう》」ぶりに、馬鹿じゃないかと思う。しかし父は、酸っぱさを想像して「ひー、ひー」と言いながら皮をむいているときのほうが、いざ果物を口にしたときよりも、なんだか楽しそうなのだった。日常を刺激的にするのは想像力なのだな、と思い知らされた。

# 言語感覚のちがい

ここ数年、気になっている言いまわしというか相槌の作法というかがある。「そうなんですね」だ。

たとえば、膝に大きな絆創膏《ばんそうこう》を貼った私が、

「先日、人混みのまっただなかですっ転んでしまいましてね。いやあ、マヌケでした」

と、少々の照れを含みつつ説明したとする。すると相手は、同情と微苦笑の形に表情筋を動かしながら、

「そうなんですね」

と言うのだ。

私の感覚からすると、こういう場合の相槌は「そうなんですか」「そうですか」「そうですね」であり、「そうなんですね」と言われると、どうも気が抜けるというか、肩すかしを食ってもう一度すっ転びそうになるというか、なんとなく尻の座りが悪い気持ちになるのだ。

「そうなんですね」を最初に聞いたのは、若い女性（私だって若いが。若いぞ）の口からだったが、このごろついに、男性が言っている場面にも遭遇してしまった。

いったいなんなんだ、「そうなんですね」とは。こっちは「そうなんですか」と来ると予想して身構えているというのに、語尾が「ね」だったときの脱力感！

「か」よりも「ね」のほうが語感が柔らかい。曖昧《あいまい》に、角の立たぬような相槌を、と心がけている意図はわかる。しかし、ズバッと抜きはなたれたと思った刀が実は麩菓子《ふがし》であったような、上半身はスーツの上着を着てネクタイまで締めているのに、下半身はパンツ一丁に脛丈《すねたけ》ソックスを穿いただけの姿で待ちあわせの場所に現れるような、はなはだこちらの気を殺《そ》ぐ相槌で、逆に「馬鹿にしてんのか、こら！」とつかみかかりたくなる。

こんな心の狭いことを言っていてはいかん。私とは少々日本語に対する感覚がちがうだけで、相手は悪気なく、むしろ気づかいの結果として「そうなんですね」という相槌を選んでくれているのだろう。自分に言い聞かせ、「そうなんですね」が発されるたびにモヤつく苛立《いらだ》ちを抑えていたのだが、糸井重里監修の『オトナ語の謎。』（新潮文庫）を読んでいたら、「そうなんですね」が収録されていた。

「そうなんですね」はオトナ語、つまり、会社などで人間関係を円滑に運ぶべく自然発生した、（微妙におかしいが有用な）言いまわしだったのである。そうだったのか！　いや、「そうなんですね」！

……「そうなんですね」って、やっぱりちょっと尻の座りが悪いよ。まあそれはともかく、「そうなんですね」を使うひとは、私に対して麩菓子攻撃を仕掛けているのではなく、円滑な人間関係を築こうとしてくれているだけなのだ、という確証を得た。これからは、つかみかかりたくなる気持ちを、もっとぐっと抑えられると思う。

だが、「そうなんですね」って、結局は「そうなのですね」と言ってるのと同じなわけで、「女王陛下、民衆が暴動を起こしております！」「（ちょっと憂いを秘めつつ）そうなのですね」みたいじゃないか？　ケーキをつまみながら「そうなのですね」と悠長にすべてを受け入れている場合じゃないだろ、民衆が決起してんのに！　と、つい髪の毛をかきむしりたくなる私は、円滑な大人の人間関係を築けそうにない。

文庫追記：「そうなんですね」には慣れてきた。最近気になる言いまわしは、「お示しだ。「こちらの資料にお示ししたとおり」といった感じで、政治家がよく口にする。「示しましたとおり」でいいんじゃないか？　「おしめり」じゃあるまいし、無駄に丁寧すぎるのではないか。

あと、文章でたまに見かけるのが「うる覚え」だ。うろ覚えにもほどがあるだろ、と思うが、「うる、か……」となんかちょっとかわいい気もする。

これらにもきっと慣れていって、そのうち違和感を覚えなくなるのだろう。でもあたしは、地上最後の一人となっても、「示す！」「うろ覚え！」を断固死守する。……そうか、こうやって頑固な老人ができあがるのか。なるほど。

# 組織づくり

道を歩いていたら、向こうから八人の男子高校生がやってきた。彼らのうちの一人が、ちょうど私とすれちがうタイミングで、

「あー、リアルにラーメン食いてえ」

と言った。私は思わず振り返って、ほかの七人の反応をうかがったのだが、みんな「んだ、んだ」と納得しているようだった。

リアルにラーメン食いたいらしい。しかしリアルじゃないラーメンってあるのか？　ガラスケースのなかで、「いま麵《めん》を器から引きあげたところです」って感じに箸が中空で静止してる、蠟細工《ろうざいく》のあれか。たしかにあれは食えんな。

いや、もちろん言いたいことはわかる。「本気で」「非常に」「心から」「とっても」ラーメンを食べたい、という意味なんだろう。若者はいろんな言いまわしを考案し、仲間うちに（たまに世のなか全体に）定着させるもんだなあ。

それはそれとして、いつも不思議なのは、男子高校生の集団って人数がやたら多いな、ということだ。

女の子の仲良しグループはたいていい、二〜五人だろう。五人だとちょっと多いかな、っ

てぐらいで、八人もで登下校したり街に遊びに繰りだしたりなんて、ほぼ考えられない。ところが男子中高生のグループを観察していると、五人以上でゾロゾロつるんでることが非常に多い。七人とか八人とか、大所帯のグループもざらにある。

意思の統一がはかれるんだろうか。本当に八人全員が互いに仲良しだと認識しているんだろうか。

そう疑問に感じていたのだが、先日、知人のNさん（男性）から、この件に関してレクチャーを受けた。

Nさんいわく、大所帯の男子グループには必ず一人、主導権を握っている「カリスマ」的存在がいるのだそうだ。たとえば、カリスマが「今日はカレーを食いたいなあ」と言ってはじめて、その日の放課後にグループが取るべき方向性が決定づけられるのだとか。

グループ構成員は、「カレーを食べる」ということには一様に賛同し、「ではどこのカレー屋にするか」を相談する。「あの店がいいんじゃないか」とアイディアを出すもの、「いや、こっちの店のほうがいい」と対案を出すもの、「やっぱりカレーじゃなくてお好み焼きがいい」と根底から混ぜっかえすもの、「まあまあ」と調停するもの、「金あんのかよ」とみんなの予算を心配するもの、などなど、暗黙のうちにグループ内で役割分担ができているそうだ。

つまり、カリスマの傘の下に集い、それぞれの役割を自認し実践する、組織構造になっているのだ。まさに会社！　男性は若いころから、無意識のうちに組織を形成し、組織のなかで自分の居場所を見いだそうとする傾向にあるようだ。

性別で人間をわけるのは好かないのだが、やはりずいぶん女性とは感覚のちがうところがあるなと思わされた。女性はどちらかというと、横並びの調和を重視する。だれか一人が突出することをあまりよしとしない。それで、せいぜい四人ぐらいまでのグループが、小回りも利くし意思の調整もはかりやすい、ということになるのだろう。

積年の疑問がちょっと解けて、晴れ晴れした気分だ。


文庫追記…「リアルに」もはじめて聞いたときは驚いたものだが、いまやすっかり定着した。私もまんまと、「リアルに」と口にしているときがある。若者ぶっている。いや、若者はすでに、「リアルに」は使わず、なにかべつの言いまわしをするのかもしれん。

私のおばは、いまも「ナウい」と言う。おばさんそれ、「死語の代表例」として辞書に載ってる……。と指摘するのもいかがかと思っていたが、そうか、こうやって死語を口にする老人ができあがるのか、と私自身のこととしてしみじみ感じ入るようになってきた。

# 情熱の満ち引き

このごろ、我が家の台所は干からびている。無精して、料理を全然していないからだ。かわりに、深夜にチェーンの居酒屋に行き、遅すぎる夕飯を摂《と》る。

うちの近所は、終電を過ぎるとひともまばらだ。終夜営業の居酒屋も、「終夜営業の意味がないのでは……」とちょっと心配になるほど閑散とする。店員さんたちもピーク時の活力（「いらっしゃいませ！」とか「よろこんで！」とか）を失い、「あー、こんばんはー」って感じになる。お客さんのいない隅っこのほうの床を掃除しながら、店員同士でぼそぼそと悩みごとを相談しあっていたりする。

このあいだは、「俺、彼女と別れるかもしれないっす」と言っていた。キムチチャーハンを食べながら、私は耳がダンボになった。先輩格らしき店員は、「うん、うん」と聞いてあげている。自分史上最低のスピードでちびちびとビールを飲んで粘ったのだが、彼らの会話に結論は出なかった。

ものさびしい。終電後の（うちの近所にある）居酒屋は、お盆過ぎの海水浴場みたいに、熱気の余波を漂わせて静かだ。しかしそういう雰囲気を、私は嫌いではない。終電が出たのを見計らって、ついつい足を運んでしまう。

それにしても、太る。真夜中過ぎにビールを飲んで飯を食うと、天罰覿面《てきめん》といった勢いで太る。やっぱり、そろそろちゃんと自炊生活に戻さなきゃいけないなあ。そう思うのだが、炊飯器は台所にまで侵食した本に埋もれ、掘り返すのに手間取りそうだ。

先日、そんなようなことを知りあいの中年男性と話していたところ、「いかんなあ」と彼は言った。

「潮干狩りするといいよ。自分で採った貝だと思うと、ちゃんと料理する気になる。それでみそ汁作ってさ。二日酔いに効くよ。俺なんか、平日に三浦半島まで潮干狩りに行っちゃったもんね！」

二日酔いに効くのはアサリではなくシジミでは？　と思ったのだが、気になる点はほかにもある。

「え、平日って……。会社はどうしたんですか？」

「もちろん休んだ！」

と、彼は胸を張った。「潮干狩りは俺のライフワークなの。今日は採れそうだなと思ったら、会社なんて行ってる場合じゃないの！」

「はあ……」

「でも驚いたなあ。一心不乱に砂を掘り返してたら、俺の名前を呼ぶひとがいるわけ。だれかと思ったら、会社の同僚の女性。前日に、『あそこの海岸はいいよ。よく採れるよ』と教えてあげたんだけど、まさか早速繰りだしてくるとはねえ。しかも旦那まで動員して。

それからは勝負。潮干狩り名人の座を賭けて、彼女と旦那と俺とで、黙々と穴掘りまくり！」

社員が明らかに、業務よりも潮干狩りに熱心って、いったいどんな会社だ。でも楽しそう……。

私も「お盆過ぎの海水浴場」ムードに浸るのはやめて、活力を取り戻さねば。貝も狩るし恋も狩るぜ！　ぐらいの情熱を持たねば。そう反省しつつ、おじさんの「潮干狩り武勇伝」に耳を傾けた。もう貝は採りつくされてるんじゃ、と危惧されるほど、あちこちの海岸に出没しているらしい。なんなの、その元気。アサリパワー？

文庫追記‥ところで私は潮干狩りをしたことがない。季節の行楽全般に疎く、花見と月見をしたのはたぶん一度ぐらい、紅葉狩りは皆無、進化が著しいという「海の家」にも三十年ほど行っていない。はなはだ面白味に欠ける人生だ。なぜこんな事態に陥っているのか。季節の行楽はいずれも、一人ではあまりしない、というところにヒントがありそうだが、深く考えるとまたしても気づきたくなかった事実に気づいてしまいそうなので、このあたりで切りあげるとしよう。

# 先生の帽子

知人から聞いた話だ。

中学高校のときの体育教師O先生は、いついかなるときも真っ黒な野球帽をかぶっていた。体育の授業中はもとより、入学式や卒業式にスーツを着ても、頭には野球帽という恰好で臨んだ。

帽子の下から髪の毛がはみだしているわけだが、生徒たちはみな、ちゃんとわかっていた。

「帽子をはずしてみてほしいなんて、先生に頼んじゃ絶対にだめだ……！」と。

O先生の頭頂部が光り輝いている可能性、あるいは、ほの見えるO先生の毛髪が頭皮から生えているのではなく野球帽からぶらさがっている可能性を、生徒たちは的確に推察していたのである。

そこまで帽子と一体化していると、もはやO先生が帽子なのか、帽子がO先生なのかわからないな、と私は思った。帽子をかぶっていないO先生と街ですれちがっても、きっと教え子は気づかないいんだろう。

ひとの顔を覚えられない、という嘆きを、たまに耳にする。私も、ひとの顔どころか、いまなにを取りだそうとして冷蔵庫を開けたのかすら覚えていられないぐらいだ。しかしまあふつうは、名前と顔が一致する状況で八回ぐらい会えば（多すぎ?）、だれがだれなのか自然と覚えるもののはずだ。

と考えるのは早計で、印象に残りにくい顔というのは確実にある。なにを隠そう、私がそうだ。たまに、道で行きあった親にすら素通りされる。「無視する気か、このやろ」と最初は思ったのだが、どうもそうではないらしく、声をかけると、「あっ。あんただったの」と言われる。親にも忘れられるほど印象の薄い顔。

印象の薄い顔とは、どこにでもいそうな顔ということのようで、私はまた、頻繁にひとちがいされる。道を歩いていて、まったく心当たりのない名前で呼びかけられること無数回。逆に、「先日、どこそこにいましたよね」と知人から問われることも無数回だが、その日その場所にいた記憶がない。私は生き霊《いりょう》でも飛ばしているのだろうか？　無意識のうちに別人格が発動して、べつの名前で生活してることがあるのだろうか？　たまにこわくなる。

顔の不思議について考えていて、いつも思い出すのが、ロバート・デ・ニーロ主演の映画、『フランケンシュタイン』だ。映画館に見にいって、上映が終わり館内が明るくなったとたん、我が友人は言った。

「ロバート・デ・ニーロ、どこに出てた?」

フランケンシュタイン役で出ずっぱりだっただろ！

いくらクリーチャー役とはいえ、いくら渾身の役づくりをするあまり作品ごとに風貌が変わりがちとはいえ、主演のロバート・デ・ニーロに気づかずに映画を鑑賞しきるとは、たいしたものだ。

顔ってのは案外、流動的なものなのかもしれない、とそのとき思った。役者じゃないひとも、場所に合わせて服装を変えたり、二日酔いで顔がすごくむくんでたり、風邪を引いてひどい鼻声になったり、という具合に、いつでも一定の外見を保っているとはかぎらない。

となると、人間は顔だけではなく、背格好や声やにおいや雰囲気などを、瞬時に総合的に判断した結果、そのひとを「そのひとである」と認識しているらしい、と言えるだろう（そして私は、顔のみならず雰囲気や存在感なども薄味すぎるのだろう）。

その点、O先生は帽子という揺るぎなき「顔」を持っているわけで、うらやましくもある。O先生と帽子はいい相棒なのだ。

# そこのけそこのけ

長年、同じ町（通称：ワイルドシティまほろ）に住んでいたのだが、二年ほどまえに引っ越しをした。本（というか漫画）が増え、どうにも手狭になったためだ。

私はこれまでエッセイで、自分の住むアパートを「火宅」、両親と弟の住む家を「本宅」と呼びならわしてきた。本書に収められたエッセイは、新聞や雑誌に掲載されたものが多いので、「火宅」の語は使っていない。いきなり「火宅」などと書いては、読者に通じないどころか、あらぬ誤解（「火宅のひとなのね……」的な）を受けかねないと危惧したからである。

しかしこの文章においては、もう馬脚（？）を現してもいいだろう。冒頭でも述べたとおり、二年ほどまえに火宅から引っ越し、ニュー火宅に移った。ニュー火宅のことは、火宅二号と呼ばせていただきます。火宅のひとなんだか二号さんなんだか、はっきりしろと言いたくなる名称である。

さて、火宅二号が建つ敷地には、それなりに木が植わっており、草がボーボー生えているせいか、鳥がいろいろやってくる。朝はスズメの大合唱でうるさいぐらいだし、冬になると金木犀《きんもくせい》の木の下に糞《ふん》溜まりができる。金木犀をトイレにしているのは、オナガのカップルらしい。糞溜まりのできる場所が人間の通路にあたるので、トイレの場所をぜひとも変更してほしいのだが、カップルは知らん顔で仲良く枝にとまり、脱糞する。鳥に振りまわされる生活だ。

五月の昼下がり、火宅二号のインターフォンをけたたましく鳴らすものがあった。「だれじゃい」と出てみると、鶴女房ではなく、近所に住む父だった。

「ちょっと様子を見にきた」

「来なくていいよ、変わり映えもしないから」

「うん、あんたはそうだろう。しかしお父さんは、あんたんとこの敷地に、スズメの雛《ひな》が落ちているのを発見した」

それを早く言え。急いで敷地内に出てみると、父が草ボーボーのあたりに立っており、「ほら」と得意げに茂みを指す。覗きこんでみたら、たしかに。スズメの雛がぴょこぴょこと歩いているではないか。

まだ成鳥になりきっていないようで、全体的に灰色っぽく、肩のあたりにポワポワの産毛が残っている。飛ぶことができないらしく、しかし元気に茂みを散策中だ。

「まあ、どこに巣があるのかしら。返してあげたいけど……」

「いや、待て。お父さんもすでに捕獲を試みたんだが、すばしこくて到底捕まえられたもんじゃない（よそんちの敷地で、勝手になにをしてるんだ、このおっさんは）。それに、迂闊《うかつ》に触るのはよくないかもしれない。人間のにおいがつくと、親鳥がその雛を嫌って餌を与えなくなると聞いたことがある」

「じゃあ、どうしたらいいの？」

「放っておこう」

「えー!?」

「自然界の生き物に、人間が無闇に手を貸してはいけない」

「『わくわく動物ランド』（大昔のテレビ番組）で聞きかじったようなこと言って！　こうして迷子の雛を見ちゃったからには、なんとかしないと」

「大丈夫だ」

「なんで」

「親鳥が来ているからだ」

父は、隣家の屋根にとまっている二羽のスズメを示した。

「……あれが、この雛の親だという根拠は？」

「心配そうに囀《さえず》っている。あと、雛と似た姿形をしている」

「スズメはわりといつも囀ってるし、どれも似たような姿形だよ！」

「とにかく、そっとしておくんだ。親が餌を与えにくるかもしれないからな」

じゃっ、と言って、父は帰っていった。なんだったんだ。

私はしばし、茂みを歩く雛を観察したが、やっぱり飛び立つ気配はない。パンくずを撒《ま》き、室内に入って、窓から様子をうかがうことにした。

すると、隣家の屋根にいたスズメが交互に、雛のいる茂みのあたりに降り立つのだ。ピチュピチュと親鳥が鳴くと、ピピと雛が答えて居場所を知らせる。どうやら、親鳥は雛に餌をやっているらしい。父もたまには、物事の本質を突いたことを言う。

スズメは私の予想以上に賢かったようだ。雛が巣からいなくなったことにちゃんと気づき、我が子を探し当て、餌まで運んでやるとは。

猫やカラスが襲ってきたら、すぐに表へ駆けだして雛を守らねばならん。私は一日じゅう窓辺に張りつき、茂みを遠巻きに監視した。

翌朝、いつものとおりスズメの鳴き声で目が覚めた。窓から覗くと、親鳥らしきスズメが茂みに出入りしている。かしましさが一段落したところで、敷地に出て、茂みのなかを見てみた。やっぱり、雛がぴょこぴょこ歩いている。

私は父に電話をした。

「お父さん！　お父さんが言ったとおり、屋根にいた二羽は親鳥だったみたいだよ。一夜明けたら、雛のことなんて忘れちゃうんじゃないかと心配だったんだけど、今朝もちゃんと、雛に餌をあげにきてたよ」

「そうだろう。親というのは、そういうものだ」

父は、道で行きあっても駅で待ちあわせしても、我が子を我が子と認識できず、ボーッと目のまえを通りすぎていってしまう男だ。スズメ以下のくせに、なにをえらそうに言ってるのであろうか。

「……それはともかく」

と私は言った。「スズメってのは、一度に何羽ぐらい雛を育てるんだろう」

「さあ。三、四羽ぐらいは巣にいそうなイメージがあるな」

「ということは、スズメは数を数えられるってこと？『一羽、二羽、三羽……。あら大変！　あなた、私たちのかわいい子が、一羽いませんわ！』『なんてことだ！　すぐに探そう！』って、気づいたってこと？」

「うーん……」

「さらに言うと、親鳥が二羽とも、落ちた雛にかかりきりみたいなんだけど。巣に残った雛たちが、餓死してないか心配だよ」

「そこはまあ、鳥だからな。巣にいる雛のことは、忘れてしまったのかもしれない」

「親というのは、そういうものなのかよ！」

「スズメ界の親事情について責められても、お父さんだって困る」

とにかくその日も、パンくずを撒き、窓辺での監視を続行した。親鳥はさかんに雛に呼びかけ、飛ぶようにうながしているようだった。

三日目の朝、いつもよりもスズメの鳴き声が激しかった。心配になって表に出ると、たくさんのスズメが屋根や木の枝にとまっている。なかには、体の引き締まった若いスズメらしきものも、何羽かいた。

茂みを覗いてみたが、雛はいなかった。飛び交っている若いスズメが、あの雛であればいいのだが、もしや、猫かカラスにやられてしまったのではなかろうか。父を呼びだし、二人で敷地内の茂みを覗きまくる。雛はどこにもいない。

「思うに」

と父は言った。「雛は無事に飛べたんだろう」

「なにを根拠にそう思うの。天敵に食べられちゃったのかもしれないよ」

「だったら、惨劇の痕跡があるはずだ」

父の推測によると、雛はきょうだいのなかで最後に巣立ったのだそうだ。しかし、それは勇み足だった。まだちゃんと飛ぶことができず、火宅二号の敷地内に落下。けれど、親鳥は末っ子を探し当て、本格的に飛べる日まで、甲斐甲斐しく茂みに餌を運んでやったというわけだ。

「ものすごく楽観的なストーリーだねえ」

私は感心して言った。

「悲観的になる理由がない。ほら、あんなに楽しそうにしている」

父の視線のさきでは、何羽ものスズメが枝から枝へと飛び移ったり、屋根で囀ったりしていた。そう言われてみれば、雛も元気にスズメの群れに仲間入りできたような気がしてくるのだった。

「今回のことで、私はスズメの情愛の深さを知ったよ」

「親というのは、そういうものだ」

と父はまた言った。

その直後、宅配便のひとが、荷物を持って敷地内に入ってきた。念のため聞いてみると、はたして私宛ての荷物だった。サインをして受け取る。北海道に住む友だちが、アスパラガスをたくさん送ってくれたのだ。

「しをん」

と、荷物の受け渡しを端《はた》で見ていた父は言った。「お父さんはこう見えて、アスパラガスが大好きだぞ」

「……」

しかたがないので、アスパラガスをお裾分けしてあげた。父はアスパラガスの束を片手に、意気揚々と帰っていった。

スズメは惜しみなく我が子に餌を与え、父は惜しみなくアスパラガスを奪う。

スズメの情愛深さをぜひとも見習ってもらいたい、と思った。

文庫追記：忘れがたいスズメはもう一羽いる。ある冬の晩、酔っ払って帰宅した私は、玄関の鍵を開けようとして、ふと何者かの気配を感じた。振り仰ぐと、玄関の外灯と外壁のあいだの狭い隙間に、スポッとスズメがはまっていた。どうやら隙間に入りこんで、暖を取りつつ寝ているらしい。「うるさいなあ」と言いたげにこちらを見下ろすスズメと目が合った。「すみません」と謝り、お邪魔にならぬよう急いで部屋に入ったが、落ち着いて考えてみると、私んちの玄関じゃないか。なんで家主のほうがこそこそせねばならんのか。

とはいえ、そんな隙間をよく見つけたなあと感心した。みっちみちにはまりこんでいるスズメの姿は非常に愛らしい。私は毎晩、内側からこっそり玄関のドアを開け、外灯を見上げた。スズメは必ずそこにいて、「なんだよ、いいから寝ろよ」と言いたげに私を見た。

二年間、そんな冬を過ごした(春から秋までは、ほかに寝場所があるらしい)。けれど一昨年からは、寒くなってもスズメが外灯に来ない。「冬場にちょうどいい寝床があるんだ」と仲間に遺言することもなく、あのスズメは寿命を迎えたということだろうか。冬になるといまも、私は寝るまえにたまに外灯を確認する。期待に反して、隙間は無人(無スズメ)だ。とてもさびしい。いつか帰ってきて、またみっちみちにはまりこんでくれるのを、ずっと待っている。

# 三章

# 心は
# いつも
# 旅をしている

## キリストの墓とピラミッド

日本にキリストの墓があると知ったのは、もう十年以上まえのことだ。

大学の同級生から、

「俺、夏休みに、青森にあるキリストの墓に行ってきたんだー」

と自慢され、耳（と同級生の正気）を疑った。「青森」「キリスト」「墓」という、きわめて常識的な単語が三つ合体しただけなのに、なんと非常識的なイメージが喚起されることだろう。キリストはその墓の下で泣いていないのか？　ていうか、復活し昇天したはずのキリストに、墓があっていいのか？

はたして、青森にあるキリストの墓は本物なのか。「本物のはずないだろ」と理性が激しく告げているが、現物を見にいってみることにした。

キリストの墓の所在地は、青森県三戸《さんのへ》郡新郷《しんごう》村だ。昭和三十年までは、このあたりは戸《へ》来《らい》村という名だった。「へらい」って「ヘブライ」に語感が近いかも……、いや近い。これが、戸来にキリストの墓があると断定された根拠のひとつらしい。

新郷村に行くのは、なかなか大変だ。交通手段は車か徒歩。以上。車の運転技術に大きな疑問符がつく身、ここはやはり歩くしかないのか。しかし新郷村までは、公共の交通機関が通っている五戸《ごのへ》町から、十三キロもあるのだった。徒歩案はあっさり却下し、五戸町でタクシーをお願いすることにする。これまで生きてきたなかで一番真剣に、八戸発五戸駅行きのバスの時刻表をネットで調べ（なにしろ、一時間に一本程度しかバスがない）、準備は万端だ。

九月某日。八戸駅前から、午前九時五十六分発の南部バスに乗り、五戸へ向かう。乗客は総勢八名。私以外は、地元民らしき中高年男女だ。バスの窓は汚れで壮絶に曇っており、おかげでソフトフォーカスがかかって、すべての風景がノスタルジックに見える。田んぼのなかを走っていたバスは、しばらくして山を登りはじめた。

四十分ほどで五戸駅に到着（駅といっても、現在は鉄道は通っていない）。バス停に、タクシーの運転手さんが迎えにきてくれていた（五戸弁を正確に文字に起こす自信がないので、以下、東京弁に翻訳してお送りします）。

「で、どこへ行きたいの？」

「まずはキリストの墓へお願いします」

車内にしばし、互いに出かたをうかがう沈黙が流れる。「一人でキリストの墓を見にきた女」を、運転手さんはどう思っているのだろうか。なんかこう、非常に深刻かつ真剣な事情があると思われたら、どうしよう（実際、真剣だが）。しかし運転手さんは、べつのことを考えていたようだ。

「新郷村はねえ、平成の市町村合併のとき、五戸を飛び越して八戸と一緒になりたいって言ったんだよ！　そりゃ無茶だと思わないですか！」

「そ、そうですね。地理的にいっても、八戸と新郷村のあいだにある五戸を無視するのは、ちょっと無茶かと……」

「そうでしょう。いまさら五戸と一緒になりたいと言ってきても、こっちとしてはお断りだ！」

五戸町の住民には、新郷村に対する複雑な思いがあるのかもしれない。私は五戸におもねることにした。

「キリストの墓なんてものがあるから、新郷村は強気なんでしょうかね」

「うん、あれはすごいよね。あんなのがあったら、そりゃ強気になる」

な、なに!?　予想外の展開だ。合併時の新郷村の態度を非難していたわりに、運転手さんはキリストの墓を認めているようなのだ。私は急遽《きゅうきょ》態度を改め、今度はキリストの墓におもねることにした。

「楽しみだなあ。やっぱり、地元でも有名なんですか？」

「有名、有名。昔からあるもん」

五戸から二十分ほどで、新郷村の中心地（といっても、商店が数軒あるのみ）、戸来に着く。

キリストの墓は、小高い山のうえにあった。平日にもかかわらず、駐車場には青森ナンバーと岩手ナンバーの車が一台ずつ停まっており、二組のカップルが整備された公園を散策していた。いまこの瞬間に、運転手さんと私を含め、総勢六名もの人間がキリストの墓を見物にきているとは……！　衝撃を受ける。

駐車場から歩いて坂を上り、いよいよキリストの墓と対面だ。土まんじゅうが二つあり、それぞれに巨大な木製の十字架が突き刺さっている。地面には、エルサレム市から贈られた友好のプレートが埋めこまれている。勝手にキリストの墓だなどと言って、宗教戦争が勃発するのではないかと懸念していたのだが、大丈夫なようだ。

しかし気になるのは、キリストの墓のすぐそばに、明らかに仏教式の墓石が並んでいることだ。

「ああ、それは、この土地を持ってるひとの家の、代々の墓」

と、運転手さんが教えてくれた。キリストは、キリスト教徒じゃない家の土地に埋葬されたらしい。というか、村にはいまも昔も、キリスト教徒は一人もいないらしい。どういうこと？　謎が多すぎて、早くもどうでもよくなってくる。

謎といえば、なぜ十字架が二つあるのかも謎だ。案内板によれば、一つはキリストの弟、イスキリの墓とのこと。イスキリなんて名前、聖書に出てきたか？

「右と左、どっちがイスキリの墓なんでしょうか」

「どっちだろうねえ」

運転手さんは十字架の裏手にまわり、「なんにも書いてないねえ」と首をひねっている。墓石には入居者（？）の名を書くが、十字架には書かないんじゃないかなと思いつつも、運転手さんの親切に感謝する。

敷地内の「キリストの里伝承館」（入館料二百円。財布を車に置いてきてしまったので、運転手さんに金を借りる）において、謎がいくつか解明された。
一、向かって右がキリストの墓、左がイスキリの耳と聖母マリアの頭髪を葬った墓である。
二、キリストは磔刑《たっけい》を免れ、戸来にやってきて百六歳まで生きた。戸来では布教活動はせず、「十来《とらい》太郎」と名乗っていた。
三、ここがキリストの墓だと判明したのは、いまから約七十年まえ。『竹内文書』の記述に基づき、研究家が茨城県からやってきて発見した。
『竹内文書』の信憑性については、ここでは問うのをやめにしよう。なんの変哲もない土まんじゅうを、『竹内文書』の研究家がキリストの墓と認定した理由は、戸来に伝わる風習のためでもある。

風習その一、「ナニャドヤラー、ナニャドナサレノ、ナニャドヤラー」という呪文のような歌を歌いながら、盆踊りをする。

風習その二、生まれた子どもがはじめて屋外に出るとき、魔除けとして額に墨で十字を書く。

風習一に関しては、ヘブライ語説とか、いろいろあるらしい。たぶん日本語じゃないかと、私は思うが。風習二に関しては、とある証言を得たので後述する。

さて、戸来のすごさはキリストの墓のみではない。なんと、ピラミッドもあるのだ！これも『竹内文書』に基づき発見された。……もうさあ、どうなの、『竹内文書』。

いやいや、気を取り直してタクシーに乗り、さらに山のほうへ向かおうではないか。「大石神ピラミッド」は、「下」と「上」の二カ所にあるのだが、まずは車で行きやすい「下」から。

おお、あったあった。山腹の杉林のなかに、大きな岩がドカンドカンと転がっている。運転手さんいわく、「この近くに、ほかにこんな石はない」とのこと。古代人は太陽を礼拝するために、大岩をわざわざ山のうえに運びあげたらしい。私には自然石が露出しただけのようにも見えるのだが、まあいいか。運転手さんと、岩のまわりを一周する。

「あれっ、こんな祠《ほこら》、以前はなかったな。だれが作ったんだろう」

……。

またも気を取り直して、「上」の巨石も見にいくことにする。登り口の案内板には、「ピラミッド」とたどたどしく記してあった。よく見ると、板に緑色のビニールテープを貼って、文字にしたものだ。手作り感がものすごく、一気に脱力する。しかも、山の斜面を一直線に、十五分ほど歩いて登らねばならず、熊と蜂に遭遇する危険性も否めないというではないか。

「すみません、体力に自信がないので、『上』は見ないことにします」

私がおずおずと申し出ると、運転手さんは一瞬の沈黙ののち、

「うん、それならやめにしようか。無理しちゃいけないからね」

と、残念そうにしながらも、優しくうなずいた。

そうか、ここには「ツッコミ文化」がないんだ、と気づく。運転手さんと私は、けっこう打ち解けて話すようになっていた。これが大阪だったら（東京であっても）、「なんやー、ヘタレやなあ」とツッコミのひとつも入る局面だ。しかし、穏やかで奥ゆかしい東北人気質ゆえなのだろうか。会話にツッコミが入ることが、旅のあいだ、ついに一回もなかった。

もちろん、もっと親しくなれば、東北人とてツッコミを入れるのかもしれない。だが、考えてみればツッコミとは、親愛と冗談でコーティングされているとはいえ、相手の発言や行動を一瞬否定することにつながる行為だ。私の感触では、どうも東北（というと範囲が広すぎるのであれば、五戸町と新郷村）のひとは、相手を極力否定しない傾向にあるようだった。

この、礼儀正しくつつましやかな態度こそが、キリストの墓とピラミッドの存在を鷹《おう》揚《よう》に受け入れた原因ではないだろうか。いきなりやってきた古文書の研究家が、「ここがキリストの墓だ！」と言いだしたら、「んなわけあるか！」とふつうはツッコむ。しかし、

ツッコむのは失礼だと考える土地柄なので、「むぐむぐ、へえ、そうなんだー」と人々はガッツで受け止め、七十年の歳月を経るうちに、「キリストの墓だっていうんだから、まあそうなんだろう」と、おおらかに「事実」として認定するに至った。真相は、どうもそのあたりにあるのではないかという気がする。

神社仏閣もすべて見てまわったのだが、村の観光スポット巡りは三時間半で終了した。

その晩は、「新郷温泉館」に泊まった。日帰り温泉として村の老人に大人気で、社交場と化している施設だ。天然温泉の引かれた大浴場で体を洗っていると、おばちゃんたちが遠慮がちに、しかし次々に話しかけてくれる。「どこから来たのか」「夫婦で来たのか」「露天風呂にはアブがいるので気をつけろ」「私はもう出るから、あんたは湯船を独り占めするといい」などなど。

夜になると、虫の声しか聞こえなくなった。宿泊客は私しかいないようだった。

翌朝、べつのタクシー運転手さんが迎えにきた。その日の運転手さんは、生まれも育ちも戸来とのこと。これ幸いと、キリストの墓とピラミッドについて質問しまくった。

「キリストの墓が発見されたときは、ニュースが全世界に配信されたそうだよ」

「ぜ、全世界に……（またも宗教戦争の勃発を懸念する私）」

「終戦のとき、わたしは小学校に上がりたてぐらいだったんだけど、進駐軍ってあったでしょ。ＧＨＱ」

「はい」

「あれがねえ、週末ごとに八戸からジープに乗って、わざわざ戸来まで押しかけてきた。キリストの墓にお参りするために」

「ええっ（本当に世界的に有名だったんだ、キリストの墓！）」

「わたしら子どもは、日曜になるとキリストの墓のまわりに集まって、米兵を待ってましたよ。『ギブミーチョコレート』っつって。キリストのおかげで、甘いもんを食べられた。わはは」

死してなお、地域に貢献。さすがキリストだ。

「額に十字を書く風習があるそうですが」

「あった、あった。昭和三十年代まではやってたから、わたしもよく覚えてるよ。伝承館には、『子どもがはじめて家の外に出るときに』って、書いてあったでしょ」

「はい」

「それだけじゃないんだ。大人でも、病院から退院するときなんかには、必ず額に十字を書いた。うっかり墨を忘れたら、口紅で書いたもんだよ。ほかの村にはない風習だねえ」

運転手さんは中学生のころ、大石神ピラミッドの発掘調査もしたそうだ。

「当時の中学校の校長先生が、考古学好きでね。生徒が手伝いに駆りだされた」

「考古学好きとはいえ、勝手に発掘しちゃっていいものなんですか」

「はは、昔のことだから、そのへんは適当適当。大岩のまわりを、二メートルは掘りさげたかな。そうしたら、地中に埋まった部分は、円錐形になってたんだよ。しかも、細い線でびっしり、文字みたいな模様が刻まれていた」

「へえー！　不思議ですね」

「うん。大岩がグラグラしだしたんで、『こりゃ危ない』ってことで、すぐに埋め戻しちゃったけど。そのとき撮った写真が、役場か学校にあると思うよ」

謎とロマンがいっぱいの、キリストの墓とピラミッドなのだった。もう一度発掘調査してほしいような、そっとしておいて夢を膨らませたいような、わくわくする気持ちになる。

「いまは人口も減っちゃったけど、昔はお盆になると大勢の村人が集まって、『ナニャドヤラー』って歌ってさ。下駄の歯が減るまで踊り明かしたもんだよ」

運転手さんは懐かしそうに、そう言った。

戸来の人々ののんびりエピソードも、枚挙にいとまがないようだ。キリストの墓では、「キリスト祭り」が毎年行われるのだが、そこでは神主さんが祝詞《のりと》をあげる。しゅ、宗教戦争が……、とみたび懸念したのだが、村のひとはそんなこと全然気にしていない。

「先代、あれ、もう先々代かな。神主さんが酒好きでねえ。神社の宝物《ほうもつ》や村の古文書を、酒代のために売っ払っちゃった。村祭りのときに、『蔵の中身、どこ行った？』って氏子が気づいてさ」

「大騒動になったでしょうね」

「いや、べつに。『売っちゃったもんは、しょうがねえなあ』って、笑っておしまい。そんなわけで、昔の記録はあまり残ってないかもしれないねえ」

本当におおらかだ。こういう村だからこそ、キリストの墓もピラミッドも大切にされ、地域の住民に愛されているのだろう。

正直なところ、私は最初、うさんくさいものを見にいく心づもりだった。だが、タクシーの運転手さんをはじめ、何人かの村人と話すうち、本物か偽物かなんて、どうでもいいことだと思えてきた。みなさん、「ああ、あれ。昔、えらい先生が来て、キリストの墓だと認定したんでしょ」という反応なのだ。

地元のひとにゆるやかに受け入れられ、もう七十年もキリストの墓としてそこにある。それ以上に、いったいどんな証《あかし》が必要だろう。

# 田園風景のカーチェイス

夏に青森県へ行ったときのことだ。

町Aから町Bまでは、路線バスに乗って四十分かかる。私はバスが来るまでの時間を利用し、町Aを見物した。ちょうどお祭りで、華やかな山車《だし》がいっぱい出ていた。

……ん、山車？　いやな予感に襲われ、商店街のバス停を見ると、案の定、「交通規制のため、今日は路線バスはべつのルートを通るよ。気をつけてね」というようなことが、すごく小さな字で記されている。大慌てで、商店街から少し離れたターミナルまでダッシュし、なんとかことなきを得た。そのバスを逃すと、次は二時間後なのだ。

老人ばかり十名ほどの客を乗せ、バスは田んぼのなかの狭い道を走った。ところが、道程の半分を過ぎたころ、背後から激しくクラクションを鳴らし、乗用車が迫ってくるではないか。乗用車は民家の壁とバスのあいだに強引に車体をねじこみ、無謀な追い越しをかけてきた。そのまま無謀な加速をつけ、バスの前面に躍りでると、急停車。バスの運転手さんも、泡を食ってブレーキを踏む。

いつのまにか、『あぶない刑事《デカ》』のロケがはじまっていた……？　乗客が固唾《かたず》を呑んで事態の推移を見守るなか、乗用車の運転席から花柄のエプロンをつけたおばさんが降り立ち、憤怒の形相でバスの運転席の窓を叩いた。

「うちの子が、『ちゃんと時間どおりにバス停にいたのに、バスが来なかった』って言ってるわよ！　おかげであの子、町Bまで行けなかったじゃないの、どうしてくれるの！」

あまりの剣幕に運転手さんはたじたじとなり、「いえ、定時に発車しましたよ。ねえ？」と乗客に同意を求める。乗客一同、「んだ、んだ」とうなずいたのだが、エプロンのおばさんは納得しない。「バス会社に文句言ってやる！」と息巻き、車に乗って、ブイーンと町Aのほうへ引き返していった。

おばさんの子どもはたぶん、交通規制に気づかず、町Aの商店街のバス停にいたのだろう。そりゃ、いつまで待ってもバスが来ないはずである。しかし謎なのは、「なぜおばさんは、バスに乗れなかった子どもを、自分の車で町Bまで送らなかったのか」だ。あのドライビングテクニックがあれば、バスより数段速く町Bに着けたのは明白だ。怒りに任せてバスを追跡するついでに、子どもを車に乗せてやればよかったのに……。

おばさんの子どもは、いついかなるときも乗り物に乗りそびれる運命なのだな、と思うと、おかしくてならなかった。

# 風呂敷

旅行鞄がどんどん壊れるんです!

べつに、「一年のうち、三百日は旅の空です」って暮らしをしてるわけじゃない。むしろ、「一年のうち、三百六十日は家に籠もって仕事してます」って生活だ。それなのに、と言おうか、それゆえに、と言おうか。最近、いざ旅に出ると、必ず旅行鞄の持ち手部分が壊れるんです! 部屋で待機させておく時間があまりにも長く、持ち手野郎め、(精神的にも物理的にも)腐っちゃったのかしらねえ。

ボストンバッグを二つ所持しているのだが、いずれも持ち手がちぎれた。そのうちの一つなんて、東京駅構内を疾走し、いままさに新幹線の改札口を通過せんとした瞬間、持ち手がぶち切れた。あまりにもタイミングが悪い。迫る新幹線の発車時刻。チャックをちゃんと閉めてなかったため、持ち手破損の衝撃により、改札のまえに飛び散るバッグの中身。毛糸の靴下を、そばにいたおばあさんが拾ってくれました……。

たしかに、私の鞄は異様に重い。仕事が終わらず、無粋と知りつつも、ノートパソコンやら本やらを詰めこんで旅に出ることが多いからだ。ボストンバッグとしても、「想定外の重量でござんす」と言いたかろう。

長い持ち手がついた、キャスター付きの頑丈そうな旅行鞄を買ったほうがいいのかなと思う。あれなら引きずって歩けるし、持ち手をたためば網棚に載せられるサイズのものもあるし、便利そうだ。

しかし、私は車幅感覚に問題がある。キャスター付きの鞄を引きずって歩くと、道行くひとや道路に置かれた看板などにぶつけ、いろいろと迷惑をかけてしまいそうだ。自分の体に接するタイプの鞄じゃないと、角を曲がりきれるか否かの判断がつきにくい。

そこで、このごろでは風呂敷を活用している。ノートパソコンや本は丈夫な布袋に入れて肩に掛け、着替えやこまごましたものは風呂敷に包んで手に提げる。「買い出し列車に乗らんとする終戦直後の人々」のような恰好だが、風呂敷はなかなか便利だ。いろんな柄、材質、大きさの風呂敷を、ぼちぼち買い集めている。持ち手が壊れる心配もないし、ホテルについたら中身の服はハンガーに掛け、風呂敷をスカーフがわりに使うこともできる。

旅先での飲み歩きの最中、「夜になったら、ちょっと冷えてきたな」ということがあるだろう。そんなときは、風呂敷を首に巻けば、もう大丈夫！　大丈夫と思ってるのは私だけで、同行者にまんまと、「それ、風呂敷だよね？」と指摘されたのだが。

文庫追記：いまお気に入りなのは、知人からいただいた「ナマケモノ柄」の風呂敷だ。レモンイエローの地に、ナマケモノの顔が緑色で描かれていて、すごくかわいい。「ナマケモノ柄を選んだことに他意はない」と知人は言っている。

# 駅弁のタイミング

駅弁をどのタイミングで食べるか、それが問題だ。

新幹線に乗って出張する際は、前夜の布団のなかで、「どこでなんの弁当を買い、いつ食べるか」を早くもシミュレーションする。私は飛行機が苦手なので、東京から博多へ行くときも新幹線を利用する。乗ってすぐに駅弁を食べてしまうと、あとの時間をもてあますのだ。

朝の九時ごろ、品川駅から新幹線に乗車する。博多に着くのは午後二時過ぎだ。となると、京都を出たあたりで、昼ご飯として駅弁を食すのがベストであろう。そう考え、品川駅構内で駅弁を見つくろう。最近はオシャレだったりヘルシーだったりする駅弁がたくさん売られているが、私はなぜかいつも、ヒレカツ弁当を選んでしまう。もちろんビールもだ。カロリー……。まあいい。

車内で読む雑誌も買って、準備万端で乗りこむ。早くお昼の時間にならないかなー。と思った次の瞬間、ビールのプルトップを開け、ヒレカツ弁当に箸をつけている。新幹線はまだ品川駅に停車中なのに！　朝の九時なのに（当然、朝ご飯は家で食べてきた）！

もう、辛抱たまらないのである。「長距離移動をするからには、出張といえども旅だよな」とわくわくしてしまって、目のまえにある駅弁を食べないことには落ち着かないのである。

おいしくヒレカツ弁当とビールを胃に収めきったところで、新幹線は小田原駅を通過したあたりだ。私は熱海駅通過まで駅弁が保《も》ったためしがない。一度、「これではいかん」と思い、新横浜駅を出るまで頑として弁当のふたを開けずにいたことがあったのだが、それでも小田原駅通過のころには、もう食べきっていた。いくらなんでも早食いすぎる。「箱根の山を越えるまえには、腹ごしらえをせねばならぬ」という、江戸時代の旅人の経験がＤＮＡに擦りこまれてでもいるのか。現代の旅人は、座席に座ってるだけでいいらくちん箱根越えなのだが、腹ごしらえの呪縛から逃れられない。

名古屋駅を出るころには、車内で買ったスルメなぞかじりながら、二本目のビールをちびちび飲むことになる。京都より西を進むころには、手持ちぶさたもここに極まれりで、ボーッと窓の外を眺めるほかない（そんなときにかぎって、トンネルばかりだ）。

ちゃんと昼食どきに、野菜中心の幕の内弁当などを優雅に食しながら、「雪の関ヶ原は風情があるわ……」と物憂げにつぶやいたりしてみたい。あ、関ヶ原も、京都より手前（東京寄り）か。苦肉の策として、駅弁を二個買うか？　カロリー……。

# 伊勢うどん

きみはもう伊勢うどんを食べたか？

いや、唐突に質問してすみません。私は数年まえまで、伊勢うどんというものがあることすら知らなかった。父の故郷が三重県で、伊勢にも何度も行っていたにもかかわらず、だ。

「名物にうまいものなし」と言う。伊勢の名物・伊勢うどんが真においしいものならば、讃岐《さぬき》うどんのごとく、とっくにうどん界を制覇しているはずだ。もしや伊勢うどん、まずいのか……？

伊勢うどんを食べたことのある友人知人は、一様に言葉を濁す。「うどんの常識を覆すうどんだった」「コシがまったくない」「なんかビミョー」。濁すというよりは、むしろ明確に「まずい」寄りの感想だったかもしれない。

好奇心をかきたてられ、私はついに先日、伊勢に行った折りに伊勢うどんを食べてみたのである！

伊勢うどんは江戸時代に、お伊勢参りの旅人向けに開発されたそうだ。いまふうに言うとファーストフード。うどんならすぐにできるし、立ったまますすれる。しかも、熱くないから器を持ちやすい。

え、熱くないの？　冷やしうどんなの？

結論から言おう。伊勢うどんは、熱くもなく冷たくもない。それ以前に、熱さや冷たさを云々するような「つゆ」があると断定していいのかどうか迷う。真っ黒な「タレ」状のものに絡められた極太のうどんが、丼のなかでのたくっているのだ。

タレは基本的に醤油とみりんで味つけしてあり、強いて温度を表現すれば、ぬるい。色の濃さに反して、食べてみると味は案外マイルドである。

しかし、タレの味なんかより重要なのが、極太麺の究極のコシのなさだ。離乳食か病人食かってぐらい歯ごたえがなく、口内が驚愕に震えた。これはたしかに、コシを重視する昨今のうどん界の常識を軽々と超越した物体だ。ここまで柔らかく茹でるとなると、時間がかかる。そこで、朝にまとめて茹でておくらしい。麺の茹で置き……。伊勢うどんには、コシという概念自体がないのかも。

でも、率直に言う。私は伊勢うどん、全然オッケーです！　すごくおいしくいただきました。なんか懐かしい味なんだよなあ。「お母さん、またうどん茹でてる途中で長電話したでしょ！」って抗議したときの味。「すき焼きの残り汁でうどん煮るとおいしいよね」って家族で団欒《だんらん》したときの味。

胃袋にも記憶にも優しい、おいしい名物。きみはもう伊勢うどんを食べたか？

# 浜松のうなぎ

仕事で静岡県の浜松市へ行った。浜松といえば、うなぎだ。浜松駅前にあるうなぎ屋さんで、昼ご飯にうな重をご馳走になった。

お、おいしい……。肉厚で、とろけるようでいながら香ばしさもあり、タレがまた、「これだけでもわけてもらえませんかのう。ご飯のおかずにしますんで」と頼みたいほど濃密なる味わい。肉でもなく、魚でもなく、いったいおまえは何者なのだ！（うなぎだ）

ごくたまに、紙のごとき薄さのレトルトパックうなぎをあたためて食すのみの身からすると、本場のうなぎは神のごときうまさに満ちておるように感ぜられた。

仕事を終え、夕方に浜松駅前に戻った。同行者と相談し、「どっかで一杯ひっかけますか」という結論に落ち着く。議論が「ひっかけ」あたりに差し掛かった段階で、早くも全員の足が、昼に入ったうなぎ屋に向かっていたのは言うまでもない。

今度はちびちびと酒を舐めつつ、白焼き、肝の串焼きなどをつまみ、うな茶漬けで締めようということに相成る。昼夜連続でうなぎを食するのははじめてだったが、調理法が異なるせいか、まったく飽きない。「天国とはこういうものかもしれん」と、一同感激にむせぶ。

しかし恥ずかしかったのは、「あら、お客さんたち、昼にもいらしたでしょ」と、店員さんにズバリと指摘されたことだ。ものすごく精をつけたがっているひとたちだなあ、と思われたのではないといいのだが。

帰りの新幹線の車中でも、酒盛りはつづいた。浜松駅のホームの売店では、地酒のカップ酒を売っていないので要注意だ。私たちは地酒を買うためだけに、一度通った改札から、構内の土産物売場へ出させてもらった。特筆すべきは静岡県人のおおらかな親切さで、「地酒を買い逃しました……」と申告したところ、ホームの売店のおばちゃんも、駅員さんも、「そりゃあ気の毒に。ぜひ買ってくるといい」と、快く改札通過を許してくれたのである。

改札制度を厳密に考えれば、本当は許可しちゃいけないのだろうけれど、「静岡の酒を味わわずになんとする」といった心意気が、駅員さんたちの柔軟な対応を生んでいるようだった。おかげで私たちは、静岡の名産品を思うぞんぶん味わうことができた。「静岡で会ったひとは、みんな親切だったなあ」という記憶が、うなぎと地酒のうまさを脳内でますます引き立てている気もする。

旅の楽しさは飲食とひとにある、と実感した。

# 旅をするホタルイカ

小田原に住むおじが、「ホタルイカの干物」をくれた。

小さいイカどもが、干されたせいでなおさら縮み、しかも赤黒い色になって容器に詰まっている。見た目はなんだかグロテスクなのだが、軽くあぶって食べると、これが滅法うまい。

しっかりした外皮の歯ごたえと、塩辛的にねっちりした内臓部分の味わいとが、(なにしろ小さいので)一噛みで口内に広がる。干からびたとはいえ、磯の香りもちゃんと残っている。ツマミにするとおそろしいほど酒が進み、困ってしまうぐらいだ。

ホタルイカというと富山を思い浮かべるが、小田原の海でも、五月ごろにたまに獲れるのだそうだ。日本海側に棲息するホタルイカが太平洋側まで遠征してくるのか、まったく別個のファミリーを形成しているのか、彼らの生態に詳しくないので、どちらなのかよくわからない。ただ、あまり強靭《きょうじん》そうでもないイカに見えるから、長旅はできないのではないかという気がする。

となると、日本列島を挟む形で、ホタルイカは人知れず発光しているということだ。沿岸を縁取るように、波に揺れて漂う青白い光。空から見ることができたら、それはどんなに美しい光景だろう。

もちろん、ホタルイカ長旅説を採ってもいい。津軽海峡を、あるいは関門海峡をぐるりとまわり、太平洋を目指して夜の海で快進撃をつづける謎めいた光の帯。よく見ると帯の正体は、輝きながら大移動をはじめたホタルイカの一群なのだった。雄大かつ幻想的なパレードに驚く関サバ、歓声を上げる漁船の乗組員。

こんなことを想像しながらホタルイカの干物を食べ、酒を飲んでいたら、なんだか楽しいような切ないような気持ちになった。自ら光を放つ、小さくて不思議な生き物。たぶん群れをなして、だれのためにでもなく、どこへ向けてということもなく、夜の海で青白くほのかに揺れていたのだろう生き物。

ホタルイカは、はかなく、美しく、生の強さと輝きをまさに身の内に宿している。

しかも、うまい。

気づけば二十匹ほどのホタルイカの干物と、測定不能な量の酒を胃に収めていたのだった。

旅を終えてたどりついたさき。人間の腹のなかで、また思う存分光れ、ホタルイカ。

# 足軽に扮して大人のチャンバラ

山梨県の石和《いさわ》温泉へ行った。「川中島合戦戦国絵巻」に参加（というか参戦）するためだ。「川中島合戦戦国絵巻」とは、武将や足軽に扮した人々が、笛吹市役所前の河川敷で「川中島の戦い」を再現する祭りだ。土手には屋台が並び、見物客も大勢やってくる。

私は知人から、「足軽として戦《いくさ》へ参ろう！」と誘われ、なんだかよくわかんないまま上杉謙信軍の雑兵《ぞうひょう》となった。参加者（五百人はいたと思う）は、武田信玄軍と上杉謙信軍とに振りわけられるのだ。

まず、早朝に地元の小学校に集結。体育館には、足軽装束やら刀やら草鞋《わらじ》やら、衣裳一式がズラーッと並べてある。着付けを手伝ってくれる係のひとも、ちゃんといる。本格的な衣裳で、身につけるとけっこう重い。

足軽に変身したら、校庭で集合写真を撮る（現像して、祭りの終了時に記念品として配られる）。簡単なリハーサルも行う。興奮が高まってきたぞー。

というところで、昼食。小学校で飼ってるウサギなどを眺めながら、足軽装束のまま、支給されたお弁当を食べる。謙信公が乗る馬も到着し、脇目もふらずにエサを食べている。なんだかのどかな雰囲気だ。まあ、「腹が減っては戦はできぬ」からな。

昼食後、いよいよ決戦の場である河川敷へ出陣。付近住民らしき小さな女の子が、「がんばってねー」と沿道から声援を送ってくれる。「生きて帰りたい」と切に思う。

こうして両軍は、実際の「川中島の戦い」の陣形に基づき、砂埃《すなぼこり》舞う河川敷で、偽物の槍や刀を手に突撃を繰り返すのである。つまり、大の大人が真剣にチャンバラごっこをし、見物客はタコ焼きやらかき氷やらを食べながらそれを眺める、という趣向だ。

私はモタモタ走ってたので、八回ぐらい刀で脳天をかち割られた（もちろん、参加者はみなさん節度ある行動を取るので、かち割るフリをするだけだ）。外国人の足軽もけっこういて、武将格のおじさん（商工会議所の上役といった風情）を袈裟《けさ》がけに斬り捨てていた。おじさんはといえば、斬られつつも笑いながら、相手の写真を記念に撮っている。

いやあ、楽しい祭りだった。同時に、「これが本物の戦だったら、確実に死ぬな」という臨場感もあり、「どんな理由があろうと戦争だけはしちゃいけない」と、身を以《もっ》て実感することもできる。

合戦は両軍引きわけで平和裏に終了し、温泉入浴券とビール一杯を振る舞われて（参加者への特典）、満足とともに帰宅した。

# 座席の回転

秋田新幹線は、驚きの路線だ。終点の秋田駅まで行ったことのあるかたはご存じのとおり、大曲《おおまがり》駅からさきは、電車が逆向きに走るのだ。

新幹線の座席って、基本的には進行方向に向かって並んでいますよね？　ところが、大曲駅以降は突然、座席の背もたれの方向へ進みはじめるのです。逆に、秋田駅から盛岡駅方面へ向かう場合は、大曲駅までは背もたれがわへ進み、そのあとは通常どおり、座席前方へ進む形になる。つまり、大曲駅で一回スイッチバックする、と考えていただければいい。

スイッチバックの際に、各々が座席をいっせいに回転させれば済むのだろうが、それも面倒だし、大曲から秋田までは三十分ぐらいなので、「そのあいだはうしろ向きに運ばれていこう」ということらしい。

たしかに、「もとからボックスシートの、進行方向とは逆向きの席に座っていたんだ」と気持ちを切り替えれば、そんなにたじろぐほどのことではないのかもしれない。だいたいの電車の座席は、「横向き」か「ボックスシート」になっている。律儀に進行方向へ向かって座らせようとする新幹線のほうが、むしろ例外的な座席並びなのだ。

と、自分に言い聞かせても、やっぱり驚く。私の場合、「今度、仕事で秋田に行くんです」と言ったら、「途中で驚くことが起きますよ……、ふっふっふっ」と、知人にそれとなく予告された。にもかかわらず、「急に逆向きに走りだした！」とびっくりしたのだから、なにも知らずに秋田新幹線に乗ったひとは、大パニックであろう。

秋田・大曲間の距離がまた、中途半端だ。十分で着くのだったら、うしろ向きのままでいいし、一時間だったら、たぶんみんな座席を回転しようとするはずだ。しかし三十分ほどというのは、座席を進行方向へ回転させるべきか否か、微妙に判断に迷う。

たとえば、私が隣の席のひとの同意を得て、座席を回転させたとしても、うしろの席のひとが回転の必要性を感じていなかったら、「見知らぬひとと強引にボックスシート」状態になってしまう。ミカンいかがですか。ノーサンキュー。気まずい。

結果として、ほぼ全員の乗客が、うしろ向きのままおとなしく運ばれるのを選ぶことになる。電車に酔いやすいひとは、要注意の路線だ。

新幹線なのに、あんまり仕組みが洗練されてない（心なしか、速度もちょっと遅い）！そんな秋田新幹線、愛すべき隙が感じられて、私はもちろん好きである。

# だれと旅に行くか

これまで、「どこへ行ったか」ばかりに気を取られていたが、「だれと行くか」も旅の成否を決する重大な要素だなと、改めて痛感させられる出来事があった。

夏の終わりに、母と二人で二泊三日の小旅行をした。ホテルもちょっと奮発し、のんびり景色を眺めたり、美術館をめぐったりするつもりだった。

最初のうち、旅は順調であった。電車内でおいしい駅弁を食べ、到着したホテルでくつろぎ、母もご機嫌だった。唯一、台風が接近中なのが不安要素ではあるが、「まあ、外に出られそうもなければ、ホテル内を探索すればいいよ」ということで意見も一致し、平和裏に就寝する。

直後、強くなりつつある風の音すらかき消す勢いで、母がいびきをかきはじめた。世界一、暗くて大きくて深い穴。その穴には巨大な怪物が住んでおり、あらゆる生命を吸いつくさんと深呼吸している。そんな感じの、すさまじい轟音《ごうおん》だ。私は一睡もできなかった。

翌日、いよいよ風は強まり、いまにも雨が降りそうだったが、とりあえず美術館へ行くことにした。私の寝不足などおかまいなしで、母が行きたいと言ったからだ。美術館を見学し終えて表へ出ると、暴風雨になっていた。「台風が来てるときに旅の予定を組むなんて、気がきかないわねえ」と母に言われ、傘で殴りかかりそうになるも、我慢する。「旅の予定を立てたのは、台風が来ると判明するまえである」と反論したところで、徒労に終わるとわかっていたからだ。

風に吹き飛ばされかけながらホテルへ戻り、「やれやれ、今日はもう早く寝よう」と思ったのに、母は深夜まで話しかけてくる。

内容は、親戚や夫（私の父）に対する愚痴だ。「知らんがな、そんなこと！」と言いたいのを百回ぐらいこらえ、百一回目にとうとう辛抱しきれず、「知らんがな、そんなこと！」と口に出してしまったところ、「あんたは冷たい娘だ」と説教された（さもしい主張のようだが言わせていただくと、母のために旅の準備と計画をしたのも、宿代やご飯代などを支払ったのも、私である。嗚呼、理不尽）。

喧嘩したまま就寝。直後、母のいびきがはじまる。しかも前夜とは趣《おもむき》がちがい、「おっさんが狼のうなり声をまねているようないびき」なのだ。悪い霊でも取り憑いたのかと不安になったが、眠る母の表情は穏やかである。でも、いびきだけは「おっさん狼」。なんなの、それ。私への威嚇《いかく》？

もう二度と、母親と旅行などしない、と心に決めた。

## 愛される宮本武蔵

読書関連のイベントにお招きいただき、十二月初旬に岡山県美作市《みまさかし》へ行った。まだ雪は積もっておらず、紅葉も少し残っていて、山がとてもうつくしい。麓《ふもと》あたりには、刈り入れの終わった棚田がゆるやかに広がっている。

この冬は、熊の出現率が高いのだそうだ。地元のひとから、自宅の裏庭で熊と遭遇した話（熊もひとも、山と家へそれぞれ無事帰還）などをうかがい、楽しい一夜を過ごした。空気が澄んでおり、たくさんの星が銀のかけらみたいに輝いていた。

翌日、タクシーに乗り、一人で「武蔵の里」へ向かった。宮本武蔵の生誕地（諸説あるようだが、そのうちのひとつが美作だ）に、資料館が建っているのだ。泊まったホテルから車で二十分ほどの距離だったので、せっかくだから行ってみることにした。

道中、タクシーの運転手さんが、武蔵プチ情報をいろいろ教えてくれた。女一人で「武蔵の里」へ行くとは、相当の宮本武蔵好きにちがいない、と思われたのだろう。

「武蔵の父親がねえ、あまり柄のよくない男だったんですよ（ため息）。後妻さんとも離婚しちゃって。武蔵にとっては継母にあたるわけだけど、武蔵は『おっかあ、おっかあ』と慕ってたから。山を越えて、継母の里までよく会いにいってました」

関ヶ原の戦い以前の話をしてるはずなのに、とてもそうは思えない口ぶりである。「ご近所に住む、顔見知りの武蔵くん」というスタンスなのだ。武蔵、地元の人々に愛されてるんだなあと実感する。

「このあたりは、剣道が盛んだったりするんですか」

「うん、盛んですよ。二天一流の道場もあるし、剣道の大会も開かれるし」

運転手さんは、ちょっと照れくさそうにつけくわえた。「でもわたしは、子どものころは野球ばっかりやってましたけどね。どっちも棒を振りまわすんだから、似たようなもんだろうと思って」

いや、たぶん全然ちがうでしょう。

こうしてたどりついた「武蔵の里」には、立派な武道館があった。宮本武蔵の資料館には、武蔵の描いた絵（複製）などが展示されている。子どものころの武蔵が遊んでいたといわれる神社も残っていて、のどかな感じだ。武蔵を偲《しの》び、身近な存在として想像をめぐらすには、うってつけの場所だった。

見物を終えた私は、「武蔵の里」から歩いて十五分ほどの、智頭《ちず》急行「宮本武蔵駅」へ向かうことにした。このまま鉄路で中国山地を突っ切り、鳥取へ行ってみようと思い立ったのだ。（以下次号）

# はじめての鳥取砂丘

【前号あらすじ】岡山県美作市の「武蔵の里」で宮本武蔵に思いを馳せた私は、今度は鳥取へ向かうべく、智頭急行「宮本武蔵駅」で列車の到着を待つのだった。【武蔵づくしの前号あらすじ終わり】

次なる目的地を鳥取にしたのは、「そういえば、鳥取砂丘に一度も行ったことないなあ」と思ったからだ。風の吹くまま一人旅。

宮本武蔵駅は無人駅だった。やってきた列車も、運転手さんのみ（若くてかっこよかった）で車掌さんはおらず、ドアは自分で開閉するタイプの車両だ。

列車は日本海側へと、中国山地を突っ切っていく。日曜の昼だったためか、乗客は数人だ。そのなかに、四十代後半の男性二人連れがいた。車窓からの風景や互いの姿を、写真に収めている。なぜか網棚や座席まで撮る。鉄ちゃん（鉄道マニア）だろうか。すごく楽しそうだ。

智頭駅でJRに乗り換え。鉄ちゃん二人も、私と同じルートで鳥取を目指しているらしい。私とちがうのは、智頭急行の智頭駅窓口にて、「宮本武蔵駅の切符が欲しいんですが」と駅員さんに申し出ていたことだ。

どうやら智頭駅と上郡《かみごおり》駅にて、「宮本武蔵駅硬券入場券」(140円)、『『宮本武蔵』記念入場券・乗車券4枚セット」(500円)を購入できるようなのだ。そんな情報をちゃんとチェックしているとは、さすが鉄ちゃん! 彼らはさらに、「切符にハサミを入れてもらえませんか」とも言っていたが、現在ではハサミはないとのことで、「残念だなあ」と嘆きあっていた。

熱き「鉄」の血を目の当たりにし、深く感銘を受けた。自分が愛する事物について、私はここまでの情熱を捧げているか。反省をこめて自問自答する。

ようやく鳥取駅に到着。構内には、『ゲゲゲの鬼太郎』グッズを売っている店がある。「これから砂丘に行くのに、荷物増やしてどうすんだ」と気づいたのは、物欲を満たしたあとだった。購入した鬼太郎グッズは、駅のコインロッカーに預けました。

駅前からバスに乗って、鳥取砂丘へ。生まれてはじめて見た砂丘は、想像していたよりもダイナミックな起伏があり、広い! 砂と戯れつつ、二時間ばかり散策した。小雨が降りはじめたためか、残念ながらラクダの姿は見かけなかったが、大満足だ。楽しい観光地だなあ、鳥取砂丘!

なぜか、まわりはアベックばかりだったけれど。砂丘には孤独が似合うのに、なんでわざわざアベックで来るんだよ、とちょっと思うのであった(ひがみ)。

# 旅から戻って

旅が楽しければ楽しいほど、家へ帰るのが憂鬱《ゆううつ》になる。また仕事をしなきゃいけないのかとか、上げ膳据え膳の数日間は夢のようであったなとか、そういう諸々《もろもろ》の思いが憂鬱の原因だが、一番大きいのは、「部屋が汚い」ということだ。

旅から戻って、アパートの玄関の鍵を開ける時点で、ため息がとどめようもなくこぼれる。そして実際に玄関のドアを開け室内を目にした瞬間、足が萎《な》えてへたりこみそうになるのをノブをつかんでなんとかこらえる。

部屋が汚い。この事実の重みがいかばかりか、汚くない部屋に住むひとは到底想像できぬだろう。

その部屋で毎日生活するぶんには、感覚が麻痺し、埃への耐性もできるからいいのだ。しかし、小綺麗なホテルや旅館で数日を過ごしたあとだと、なんかもう自身の精神の荒廃と自堕落を突きつけられるようで、衝撃が大きい。じゃあ日ごろから掃除しておけばいいじゃないか、というのは汚くない部屋に住むひとの言いぶんだ。「掃除しろ」と気軽に言うのは、「おまえの性格を変えろ」と、そのひとを根底から否定するのと同じで……。いや、すみません。言い訳です。単にズボラなだけです。

私が旅行中に常に心に引っかかっているのは、「留守のあいだに泥棒が入ったらどうしよう」ということだ。金目のものを盗られたら、という心配ではない（金目のものはない）。部屋の状況から、泥棒が入ったのか入らなかったのか判別がつきにくく、もし「入った」と確信が持てたとしても、警察官に来てもらうまえに大掃除しなきゃならず、しかし掃除しちゃったら警察官に怒られるだろう。ああ、どうしたらいいんだ。ということが心配なのだ。どうしたら、もなにも結論は、「日ごろから掃除しておけ」以外にないのだが。

そういうわけで、私は旅行から帰ってくると部屋を掃除するパターンが多い。次こそは、旅行中に泥棒のことを考えてハラハラしたくない。帰宅して自分の部屋から多大なる衝撃を食らいたくない。その一念で部屋を片づける。

すると、読もうと思って買ったのに行方不明だった雑誌を掘りあてたり、なくしたはずのアクセサリーと再会できたりし、彼ら（雑誌やアクセサリー）のカオスからの帰還を喜ぶ。わざわざ旅に出なくても、自分の部屋こそが秘境でありスリルと発見に満ちた新大陸なのでは、と思わなくもない。

もちろん、せっかく旅行後に掃除しても、次に旅行するころには、部屋は再びカオス的様相を呈しており、泥棒が入りませんようにと渾身の力で祈りながら出立《しゅったつ》する。

# 高層ホテルからの絶景

旅先で写真を撮ることがほとんどない。最近ではカメラ自体を持っていかない。「この美しい夕焼けをぜひ写真に！」と、鞄やポケットからカメラをもたもた取りだすあいだに、夕日は沈んでいる。せっかく写真を撮れたとしても、きちんと整理しておかないものだから、眺めたいときに探しだせない。そんなことが度重なるうち、自分に嫌気が差し、「もういいや」という気持ちになったせいだ。

友人と、「たまには高級ホテルでくつろぎたい！」と盛りあがり、奮発して『ザ・リッツ・カールトン東京』に泊まったことがある。「一泊こっきりでくつろげるのか？」という当初の懸念をよそに、マッサージで凝りをほぐしてもらったり、昼間っからスパのジャグジーに浸かったりと、一瞬のお大尽気分を満喫しつくした。

なにより、部屋の窓からの景色がすごい。運よく、お値段据え置きで、二間つづきの広大な和室に替えてもらえたのだが、六本木ヒルズのてっぺんと東京タワー、お台場方面までが一望できる。最初は所在なく、和室の隅っこにちんまり座っていた友人と私も、すぐに窓辺で備えつけのお茶やらコーヒーやらを飲みながら、上空からの東京見物をはじめた。あまりに高層階なため、もはや空にいる気分なのだ。

密集するビルの屋上を飛び石がわりに、どこまでも歩いていけそうだ。雨が降っていたのだが、夜になると街の灯《あか》りが灰色の雲を照らし、あちこちのビルの避雷針に、青白く雷が落ちるのが見える。ＳＦの世界に紛れこんでしまったかのように、現実離れした光景だった。

「ここからの風景を写真に撮って、『近未来に旅行してきた』って言ったら、信じてもらえそうだねえ」

しかしもちろん、お互いにカメラを持っておらず、「この肝心なときに！」「あんたこそ！」と責任をなすりつけあう。和室に敷いてもらった、ふかふかの布団で就寝。高層階で、窓の外はＳＦなのに、布団。このミスマッチさが、ますます近未来っぽくて楽しい。

翌日、車寄せにいたホテルの男性は、チェックインのときに部屋まで案内してくれたひとだった。彼はちゃんと私たちの顔を覚えており、「あいにくのお天気でしたが、お部屋からの眺めはお楽しみいただけましたか」と笑顔で言った。

その言葉と、彼のひとのよさそうな表情によって、窓からの景色が改めて、完全に記憶に定着したと言っていいだろう。やっぱり、旅の思い出に必要なのは写真じゃないのだ、と思う。

文庫追記：スマホに高性能なカメラ機能が搭載されるようになったが、私はあいかわらず写真を撮る習慣がない。外食して、きれいに盛りつけられたお料理が出てきても、

「そうだ、スマホで映そう」と発想するまえにたいらげている。食い意地が張っていて、著しくマメさに欠け、もたもたとしか機械を扱えない、と三拍子そろうと、こういう残念な次第に相成る。

けれど心のどこかで思ってもいる。写真に撮って、どうするのだ？　私の場合、絶対に見返さないだろう。まさに「絵に描いた餅」で味わえないし（食い意地）、そもそも見返すのが面倒だからだ（マメさの欠如）。俺は記録などせず、刹那的に生きる！（　）内の不都合な真実からは目をそらし、かっこよく言ってみた。

# 山の未来に思い馳せ

林業の取材で、三重県の松阪市と尾鷲《おわせ》市に行った。

植林された緑の山は、遠目にはなだらかな斜面のように見える。ところが車で林道を上がり(山登りに自信がなかったので、車に乗せてもらった)、頂上付近から見下ろすと、斜面ではなくほとんど崖であることがわかる。

こんな急勾配《こうばい》の場所に、一本一本苗木を手で植え、五十年以上かけて世話をし、大きく太く育ったところで伐倒《ばっとう》して運びだす。費やされる体力と精神力と手間と時間に、本当に頭が下がる思いがした。

ときに命がけの仕事のはずだが、山で働くひとたちはタフで明るい。

「苗木を植えるのに夢中になって、崖から転げ落ちそうになったのも二度や三度じゃありません」

と、さわやかに笑っている。私がヒルに吸いつかれ、「ひー」と半泣きになっていたら、ライターの火で撃退してくれる。

「山は油断がなりませんね。マムシに遭遇したら、どうするんですか」

と聞くと、

「もちろん生け捕りにして、マムシ酒を作りたいひとに売ります。わりといい値がつく！」

とギラリと目を光らせる。なんかもう、たくましさに惚《ほ》れてしまいそうである。

林業に携わるひとたちは、どうも冗談が好きなようだ。山は広大なので、同じ班の人員であっても、作業中は斜面に散らばって一人で黙々と木の手入れをする。しかし、昼休憩で集まったり、仕事を終えて飲み屋に繰りだしたりすると、冗談を連発してはみんなで笑い転げるのだ。あまりにも楽しくて、同席させてもらった私は、生まれてはじめて酒で完全に記憶が飛ぶという経験をした。

彼らのたくまざるユーモアとは、いったいなんなのだろう。

「いつもこんな感じなんですか？」

と聞くと、

「うん。昔っから」

と平然と返され、次の瞬間には酒席のどこかで、また冗談が炸裂する。

これはたぶん知恵である、と私は結論づけた。山の仕事は体力的に厳しく、危険を伴うので緊張も強いられる。一人で山をカバーすることはできないから、仲間との連帯が重視されるし、高度な技術が要求されるから、各作業は細かく分担され専門化している。

つまり、山での集中力を解きほぐし、オンとオフの区別をはっきりつけるためと、班内の人間関係を円滑にし、班ごとの連携を高めるために、山で働くひとたちのユーモアの感覚は磨かれてきたのではないだろうか、と思うのだ。

五十年かけて育てた木が、一晩のうちに台風で倒れたら、もう笑う以外に対処のしようがない。つらいことがあっても笑い飛ばし、山の未来へ思いを馳せる。自分の死後に悠然たる大木に育った姿を想像しつつ、苗木を植え丁寧に世話をする。人間に広々とした心持ちをもたらす「笑い」の効用を、改めて実感した旅だった。手入れの行き届いた美しい山から流れでる川は、信じがたいほど澄んでいた。

文庫追記：一昨年だったか、夏に尾鷲市に遊びにいった。取材でお世話になったみなさまと再会し、川や海に連れていっていただいた。とても楽しくて、思わず詠んだ短歌がこれだ。

ビーサンは手にはめていけ流れつくさきで履くのだ　と河童の師匠

……だれがなんと言おうと、自信作だ！

# 朝の循環バス

不規則な生活のせいで、朝起きられないことがしばしばある。すると困るのが、「ゴミ出しがなかなかできない」ということだ。そこで一計を案じ、「ゴミ出しとプチ『バス旅行』を合体させちゃおう企画」を発動させた。

私の住む町は坂が多い。「毎日が登山のトレーニングのよう」「ふくらはぎが無駄にたくましくなる」などの住民の声が届いたのかどうかわからぬが、町内を循環する小さなバスが走るようになった。このバスに乗るのが、けっこう楽しい。眠くてゴミ出ししたくない朝も、「そうだ、循環バスに乗ろう」と決めれば、目が覚める。

七時半ぐらいに起きて、のろのろと部屋を片づけ、ゴミをまとめる。財布と携帯電話だけポケットに入れ、ゴミを出したその足で駅前へ。早朝から営業している店で、ホットコーヒーを飲んで一息入れつつ、バスを待つ。通勤通学の時間帯だから、駅前はけっこうな人出だ。化粧もせず部屋着の私は、明らかに「どこにも行くあてのないひと」っぽくて（事実、そうなのだが）、肩身が狭い。

居たたまれなさが頂点に達する寸前、バスが来る。これ幸いと、行くあてがあるふりで乗車。八時半のバスは、学生さんで満員だ。車内で試験勉強をしたり、楽しそうにおしゃべりしたりしている。先日はなぜか、同じ豹柄のコートを着た女子学生が二人乗っており（友人同士ではないようだ）、「はやってるのか？」と怪訝に思った。

なんの変哲もない住宅街であっても、車窓からの風景をよく見ると、生け垣からベージュ色のバラの花が顔を出していたり、梅畑に白い洋風ベンチが置かれていたりする。道行くひとを楽しませるため、丹誠こめてバラを育てているのだろう。農作業の合間に、梅の花を眺めて一服するのだろう。そんな想像をして、「人間ってのは、捨てたもんじゃない生き物よのう」と、朝からやたらと多幸感にひたる。

バスの運転手さんの超絶技巧も堪能できる。「こりゃもう、どうしたって曲がれないよ」と思うような、細くて急な下り坂にある角すら、お茶の子さいさいでカーブしてみせる。自動車教習所のS字カーブを脱輪せずに曲がりきれたことがほとんどなく、「心から忠告するんだけど、免許取るの諦めたほうがいい」と教官に言われた私からすれば、神業である。

こうして、再び駅前に戻ってくるころには、スーパーがちょうど開店する時間だ。食料を買い、ゴミの溜まっていない家に帰る。百七十円で味わえる、三十分弱のバス小旅行だ。

# 公営プール

たまに、近所の公営プールへ行く。

ゴーグルをつけて水中に立ちのぼる細かな泡を観察したり、ビート板を借りてラッコのように浮かんだりするだけなのだが、なかなか楽しい。高い天井に水音やひとの声が反響し、窓から差す日の光で水面は複雑に輝く。ぬるい水温とあいまって、なんだか夢のなかで漂っているような心地になってくる。

私がプールを利用するのは、たいてい平日の昼間なので、居合わせるのはご高齢の男女ばかりだ。みなさん大変元気で、熱心に泳ぎの練習をしたり、二時間ぐらいプール内を歩いて往復したりしている。秩序に満ちた、穏やかな空間だ。

そんなプールが、ときならぬにぎわいを見せるのは、やはり夏休みだ。小学生が大挙して遊びにきて、縦横無尽に泳いだり跳ねたりする。増員された監視員が声をからして注意しても、かれらのあふれるパワーを留めることはできない。我々常連組はプールの隅っこに追いやられ、チビッコパワーを呆然と眺めるばかりだ。

しかし、チビッコたちを見ていると本当に愉快だ。たとえば、小学二年生の金子くん(水泳帽に名札が縫いつけてあった)。

「おまえ、成績どうだった?」

と、友だちから通信簿の中身を聞かれた金子くんは、

「成績? 悪いよ! えーとねえ、『2』が……、七個!」

と、堂々と答えていた。

うぉい、金子くん! きみ、泳いでる場合じゃないぞ。ちょっとプールサイドに上がれ。思わず、「少しは勉強したほうがいい」と説教しそうになった。金子くんの友だちも、

「金子……、それ、まじでやばい」と、さすがに深刻な表情だ。

ところが、当の金子くんはほがらかなもので、「お母さんにも怒られちった。でへへ」と言いつつ、あいかわらず楽しそうに水と戯れている。いい子だなあ、金子くん。こんなにおおらかな性格を目の当たりにすると、成績のことなんかでガミガミ叱る必要はないか、と思えてくるのだった(すっかり親の心境)。

いまは夏休みも遠くなり、平日のプールからチビッコたちの姿は消えた。黙々と鍛錬に励む高齢男女も、心なしか、少しさびしげな風情だ。

心地よい疲労を抱え、家路につく。水のなかという非日常性といい、チビッコという異文化と間近に接するときの驚きといい、プールでの体験は小さな旅に似ているといつも思う。

# ロマンスカーの旅

何度か引っ越しはしたが、生まれてからいままでずっと、小田急線沿線に住んでいる。「電車」と言われれば車体に青いラインが入った小田急線が思い浮かぶし、「特急」と言われれば「ロマンスカー」で決まりだ。

ロマンスカーで車内販売しているレモンスカッシュほど、おいしい飲み物はない。子どものころ、そう思っていた。銀の台座と取っ手がついた、ガラスのコップ。さわやかな甘さの薄黄色の液体は、小田原の祖母の家に行くときだけ味わえる、特別なものだった。

新宿から小田原までは、ロマンスカーに乗るとあっというまだ。「車内販売のお姉さん、早く来て！」と気を揉んだ。

注文したレモンスカッシュが座席のテーブルに置かれても、まだ安心はできない。はたして小田原到着までに、レモンスカッシュを全部飲み干せるか。おいしいから大事に味わいたいのに、時間とも戦わなきゃならない。でも炭酸なので、そんなにゴクゴクとは飲めない。ああ、どうしたらいいのだ。

子ども時代の私はいつも、うれしい悩みに身もだえしつつ、レモンスカッシュに挑んでいた。スリルとジレンマがあったからこそ、ロマンスカーで飲むレモンスカッシュは、一層の輝きと旨味を帯びたのだろう。

レモンスカッシュにばかり夢中になってもいられないのが、また悩みぶかいところだ。ロマンスカーが多摩川を渡るときの車窓の風景は、絶対に見逃してはならないのである。

心なしか速度をゆるめ、車体が鉄橋を渡っていく。線路から伝わる響きが変わり、空が拓《ひら》ける。家々の窓と屋根がどこまでも連なり、そのさきには遠く丹沢の山並みが見える。天気がいいと、富士山が見えることもある。窓に額をくっつけるようにして覗きこめば、眼下にはゆったりと光って流れる水。「旅」の切なさと高揚感を、はじめて私に教えてくれたのはロマンスカーだ。

大人になってからは、ロマンスカーはたまに特急料金を奮発して利用する「仕事の足」となった。レモンスカッシュも、そういえば最近見かけない気がする。

だが、仕事の段取りを考えながら新宿に向かっていても、「やれやれ、一日が終わった」とぐったりしながら家を目指していても、ロマンスカーに乗って多摩川の鉄橋に差しかかったとたん、旅の途中であるような気持ちになる。記憶のなかのレモンスカッシュの味とともに、子どものころに感じた切なさと高揚がよみがえる。

ああ、そうだった、と私は思う。ロマンスカーは「仕事の足」なんかじゃない。かつては箱根への新婚旅行客を乗せ、いまは多くの通勤客を乗せ、でもロマンスカーはずっと変わらず、小田急線の線路を旅しつづけているのだ。

川を渡り、ここではないどこかへ、だれかの住む町へ、旅するロマンスカーがいつも私たちをつれていってくれる。

文庫追記：昔は丸っこかったロマンスカーのフォルムは、新型車両が投入されるつど、どんどんシュッとした姿に進化している気がする。

ロマンスカーよ、おまえもか……！

このダイエット（？）の風潮、どうにかならんもんかなあ。「俺は時流に逆行し、鈍重さを究めてみせる！」って猛者、出てきてほしいものだ。と、ついつい擬人化して思い入れてしまうぐらい、ロマンスカーは私にとって身近で親しみのある乗り物だ。

# パンダメモと上野動物園

パンダが東京の上野動物園にやってきた。いいなあ、あのもふもふした生き物を、一度でいいから生で見たいものだ。

ん？　でもちょっと待って。私の部屋にはなぜか、パンダのメモ帳がある。紙の端っこがすでに茶色く変色してしまっているほど古い。だけど、大切に取ってある。

もしや私、パンダを生で見たことあるのでは……。記憶の旅に出たところ、脳の奥底のほうから、パンダの茶色いおしりが浮かびあがってきた。

そうだ、私はたしかに子どものころ、親に連れられて上野動物園へパンダを見にいったことがある。年代からして、たぶんホアンホアンが来日したときだろう。ものすごく行列しており、パンダは一瞬しか見られなかった。しかもおしりを向けていた。それでも私はたいそう満足し、パンダメモ帳を動物園でもらったか買ったかして帰ったのだった。

手もとにあるパンダメモ帳は、なかなか凝ったつくりだ。ハガキサイズで、表紙にパンダの顔がでかでかと描いてある。口の部分に切りこみが入っており、そこにパンダの顔の形をした小冊子（『パンダミニミニ百科』）を差しこむ仕様だ。つまり、パンダメモ帳の表紙のパンダが、着脱可能なパンダのお面（その実、小冊子）をかぶっている、という感じ。

小冊子はフルカラーで、パンダの生態などについて、ふんだんなイラストとともに解説してある。それによると、パンダは一日に六、七キロもうんちをし、そのにおいは「ちょっとあまずっぱい」そうだ。やっぱり笹しか食べないからだろうか。と思ったら、「パンダの食事」の項では、「ミルクがゆ」「トウモロコシダンゴ」なども食べる、とある。じゅるり。そういえば、食事の絵が描いてあるページを、何十回も眺めていたっけなと思い出した。食い意地の張った子どもだったらしい。

パンダはよく見ると、目が笑っていない。それでも私は、パンダに対してなんとなく平和なイメージを抱いている。大きくて悠然と寝てばかりだからだろうか。親とパンダを見にいって、楽しかったからだろうか（しかし、まんまとその事実を忘れていたのだが）。パンダメモ帳を見ていると、当時、いまの私と変わらぬ年齢だった親が、子どもを喜ばせようと動物園へ連れていってくれたんだな、ということが想像される。今度やってきたパンダを見るチビッコたちも、大人になってから楽しく懐かしい記憶の旅に出られますようにと願う。

文庫追記：このたび、上野動物園でパンダの赤ちゃん（シャンシャン）が生まれ、多くのひとが愛くるしい姿に夢中になったようだ。インターネットで定点観測できるカメラもあるらしい。と、他人事みたいに言っているのは、お察しのとおり、私が気づいたときにはシャンシャンがけっこう大きくなっており、テレビで見て、「なるほど、パンダだな」と思うにとどまったからだ。いつでも出遅れる。

一方そのころ、私の友人は高齢の父親を心配し、同意のもと、実家の居間に定点観測できるカメラを取りつけた。「これが、パンダを見るよりおもしろい」とのこと。父上はカメラをまったく意識せず、自由奔放に暮らしているそうで、「ああっ、お父さんまた、風呂あがりにパンツ一丁でうろついて！」とか、「ちょっと、パンにバター塗りすぎ！」とか、友人はライブ映像を見ながらついつい叫んでしまうらしい。もちろん、音声は届かない仕様であるにもかかわらず、だ。「子パンダの映像を見ても、あそこまで興奮はしないと思う」と友人は証言する。たしかに、と思う。

たくましくすくすく育つパンダの赤ちゃんより、年を取ってきた親の言動のほうが、よっぽどスリリングで予測不能なのである。

## ヴィゴ・モーテンセンで妄想旅行

韓流包囲網がすごい。

身近な人々が、どんどん韓国の役者さんにはまっていく。「身近」の最たるところは私の母で、テレビドラマを放映している時間帯（平日の午後）に家を訪ねたり電話をしたりしようものなら、「お母さんいま忙しいんだけど」と、ものすごく邪魔者扱いされる。

そりゃ、韓国のスターは男女を問わず、かっこいいしうつくしいけどさ。たまに会う娘をそんなに邪険にしなくてもいいじゃないのさ。

と思っていたら、身近な仕事相手すらもが韓国のドラマに骨抜きにされ、

「午後に電話してきたらマジで怒りますから。私は明日にでも韓国に旅立ちたいぐらいですから」

と言いだした。恋の翼が生えたことによって、旅情をかきたてられたらしい。

その気持ちは非常によくわかる。私もこれまで、海外のさまざまな役者さんに報われぬ恋心を抱いてきたが、そのたびに「旅に出たい」と思った。たとえば、ヴィゴ・モーテンセン（映画『ロード・オブ・ザ・リング』のアラゴルン役）に激しい恋情を燃やしたときは、

「ヴィゴはいま、どこでなにをしているのかしら」

と、ネットの世界をさまよい歩き、読めぬ英語を魂で解読してまで、彼の公私にわたる生活ぶりを知らんと情報収集に努めたものだ。ほとんどストーカーだ。

しまいには、『ロード・オブ・ザ・リング』のロケ地であるニュージーランドの情報を集め、それでも飽きたらず、「中つ国《なかくに》」に旅行するにはどうしたらいいかを真剣に考えたほどだ。「中つ国」は、物語のなかにしか存在しない架空の場所ですよ……。という内なるツッコミすら聞こえなくなるほど、ヴィゴ（およびアラゴルン）に少しでも近づくべく、いますぐ旅立たねばという思いでいっぱいになった。恋とはまことに偉大だ。

役者さんへの恋心に基づく旅欲求を、「経済効果がまるでない、まったく馬鹿げたエネルギーの浪費だ」と思うかたもおられるだろう。しかし、妄想旅行をするにあたっては、さまざまな資料が必要なのだ。私はヴィゴが出演するＤＶＤや、『ロード・オブ・ザ・リング』の関連書籍やらの購入で、ニュージーランド格安旅行なら複数回行けるほどの散財をした。おかげで実際に旅に出る費用を捻出できなかったわけだが、我が人生に悔いなしだ。

経済効果も抜群の妄想旅行。これもまた旅のひとつである。

# 日比谷野外音楽堂にて

ここのところ、好きなバンドがライブツアーを行っているため、私は忙しい。気もそぞろで仕事を早めに切りあげ、あちこちの会場へ赴く。そぞろすぎて、原稿の締め切りを破りがちなぐらいだ。これじゃいかん。

いかんと思うのだが、ライブ通いをやめられない。彼らが目のまえで演奏する姿を堪能しつつ（「目のまえ」と言うには、ステージとの距離が遠い場合も多々あるわけだが、そこは心眼で物理的な距離を縮める）、音の洪水に身を委ねるのは、大きな快楽である。

音への集中力が増せば増すほど、思考や感情がどんどんまわりだし、ついには実際に演奏されている曲とはまったく関係のない、自分の内なる世界へ飛翔できる瞬間が訪れる。五感を刺激し、一瞬のトリップ感へとひとを誘《いざな》う。それが、音楽の持つ不思議な力のひとつだろう。

好きな会場はいくつかあるが、なかでも日比谷野外音楽堂は特別な場所に感じられる。日比谷公園のなかという、都会のまっただなかにありながら、周囲は木々に覆われている。梢《こずえ》の向こうにビルが林立し、窓には明かりが灯《とも》っている。客席を吹き抜けるさわやかな風。だんだん暮れていく空。並んだ屋台からあふれるソースの香り。

わくわくするような魔力を秘めた空間だ。

冒頭で述べたバンドとはまたべつの、若いバンドのライブを聞きに、日比谷野外音楽堂へ行った。台風が接近中の、秋の夜だった。

このライブが、すごくよかった。ボーカルののびやかな声が、空の高い場所へ吸いこまれていくようだ。音楽が空気に溶け、静かに魂を揺さぶりながら聴衆を包みこむさまを体感した、と思った。

野外音楽堂だけに、屋外で、酒を飲みながらライブを楽しめるのも、この会場のいいところだ。素晴らしい演奏だったので、アルコール摂取速度も上がる。ふと気がつくと、からになった缶はべこべこにつぶれ（思わず握りつぶしていたらしい。さすがにスチールではなくアルミ缶ですが）、いつのまにか日は沈みきって、空は夜の色に染めつくされていた。

音の海を漂ううちに、「ああ、夜が来ていたんだ」と気づく一瞬の、あの浮遊感。長い旅を終え、ひさしぶりに自宅のベッドで休んだ夜半、ふと目が覚めるときの感じに似ている。「あれ、ここどこだ。そうか、家に帰ってきたんだっけ」と、心地よく、でもなぜかちょっとさびしい気持ちとともに、自分の居場所を確認する感じ。

音楽もまた、旅であるのだなあと思う。

## 旅の効用

箱根は私にとって、距離的にも心情的にも、一番身近な観光地だ。

芦ノ湖の大鳥居。湖のまわりを取り囲む緑の山。その向こうに覗く富士山。雄大かつ箱庭っぽい、絶妙の風景を楽しめる。なにより箱根がすごいのは、芦ノ湖に海賊船が就航していることだ。もちろん本物の海賊船ではなく、遊覧船である。

鳥居、富士山といった和風の景色のなかを、装飾過多で洋風な海賊船が走ったらどうだろう。そう思い立った奇抜な発想力。思い立っただけじゃなく、本当に走らせちゃった突飛な実行力。なにもかもがいい。行くと必ず乗ってしまう（船内には、脂ぎった海賊の船長さんの人形が設置されている）。

海賊船とはべつに、湖にはつきものの足漕ぎ式白鳥ボートもちゃんとある。キコキコとペダルを踏んでいると、「こんな絶景のなかで、なにやってんのかな……」と、ちょっとさびしくなる。それがまた、旅気分を高めてくれるのだ。

ちょくちょく箱根へ遊びに行っては、日常から離れて一息ついていたのだが、箱根駅伝を題材にした小説を書いているあいだは、そこは取材の現場と化した。景色を純粋に楽しめなくなり、駅伝のコースや土地の雰囲気を頭に入れるだけで精一杯だった。

数年かけて書いた小説が無事刊行され、その年の暮れに、親しいひとたちと一緒に箱根旅行をした。取材時には憧れの眼差しを送るだけだった富士屋ホテルにも、はじめて泊まった。

ホテルの内装は、重厚ながらあたたかいまぬけ感もあるものだった（柱におもしろい彫刻がほどこされていたりする）。館内の壁に展示された、古い白黒写真は必見だ。初期のころの富士屋ホテル社長が、「万国髭《ひげ》倶楽部」という会を作り、各国の「立派な髭自慢」の面々が交流を深めたとのこと。なるほど、ふさふさした髭の人物ばかりが、写真に写っている。当然、社長本人も含まれており、堂々たる髭の持ち主だった。

なぜ、髭を通して交流する必要が？　と疑問が湧くのも否めないが、その不可思議さが箱根の味わいなのだと思う。旅のあいだじゅう、楽しい夢を見ているようにリラックスできた。

そうして帰宅した私は、長らく取材の場となっていた箱根が、自分のなかで再び、魅力的な観光地に戻ったことを感じたのだった。やっと仕事に一区切りついたのだと、本当に実感できたのはそのときだ。

異世界を体験するだけが旅の効用ではない。旅をすることによってのみ、日常に帰れる場合もある。

# 鳥取のおじいさんとピザ

鳥取づいている。昨年の十二月に鳥取へ行き、砂丘を堪能してきたのだが、今年の夏も仕事で鳥取へ行くことになった。

今回訪ねたのは、鳥取駅から車で三十分ほどの、鹿野《しかの》というところだ。古い城下町で、お堀と町並みが風情を漂わせている。

お堀には白鳥のつがいがおり、付近住民らしきおばあさんがお麩《ふ》のようなものを投げ与えたときだけ、異様な活発さを見せる。それ以外は、「この風呂、ちょいと熱すぎないか?」「そうねえ。なんだか私、のぼせてきちゃったわ」といったムードで、ボーッと水面に浮かぶばかりだ。木陰から二羽を眺める私も、雲ひとつない晴天で気温三十七度という状況に、頭がくらくらしはじめた。

これはいかん。お堀近くにある喫茶店兼食堂で、昼を食べることにした。古い民家を改装したらしきこのお店、靴を脱いで上がるつくりになっている。値段も良心的だ。アイスコーヒーとピザを注文する。

接客・調理を担《にな》うのは近所のおばちゃんたちのようで、厨房(というか台所)のほうから、「もしもし? 載せるのってハムだっけ、ソーセージだっけ。あ、冷蔵庫にサラミがあるわ」と電話する声が聞こえてきた。……もしや、ピザの調理法をだれかに確認している?

若干の不安を覚えたのだが、出てきたピザもコーヒーも大変おいしかった。むぐむぐと腹に収めていたら、これまた付近住民らしきおじいさんが「よう」と入ってきて、接客・調理担当のおばちゃんたちと楽しそうに語らいだした。ちなみにおじいさんは、なにも注文していない。どうやら、近隣住民の憩いの場としても機能している店のようだ。

おじいさんは、店の隅っこで飲食する私に気づいた。というより、私が食べているピザに気づいた。目が釘付け状態だ。

「それはなんだ」

と聞いてくるので、ピザですと答えると、

「へえ、うまそうだ。うまいか」

と聞く。

「はい。とてもおいしいです」

と言ったら、

「そうか。今度食べてみよう。ピザ。ピザ。ピザね」

と料理の名称を自分の頭に叩きこむみたいに繰り返しつつ、「じゃっ」と店を出ていった。

おじいさんとピザの初邂逅《かいこう》(たぶん)の場に居合わせることができ、ほのぼのとした気持ちになる。全体的にのどかな雰囲気で、旅気分に浸るのにぴったりの町だった。温泉もおいしいジェラート屋さんもあるよ！

文庫追記：そういえば私の祖母も、拙宅に遊びにきたときにお好み焼きを食べて、「あらまあ、こんなにおいしいお料理があるなんてねえ。いままで知らなくて、なんだか損した気分だわ」と言っていた。食は生命と直結するものであるがゆえに、どうしても保守化するというか、舌になじんだ味を求めてしまい、新たな冒険になかなか打って出られない傾向にあるのかもしれない。

となると、ナマコやウニを食べてみようと最初に思ったひとは、よっぽど好奇心旺盛だったか、よっぽど飢えていたかなのだろう。あの外見のものを口に入れてみようと思うなんて、蛮勇と言えよう。勇者のおかげで、我々はおいしいものにありつけている。

# 文楽の舞台

文楽公演『ひらかな盛衰記』を見た。このなかに、「大津宿屋の段」というシーンがある。

旅籠《はたご》に二組の客が泊まっている。一組は、巡礼途中の老人と娘と孫の槌松《つちまつ》。もう一組は、敵に追われている駒若君《こまわかぎみ》とおつきの人々。槌松と駒若君は幼児なので、身分の差や自分が置かれた立場など気にしない。すっかり打ち解け、みんなが寝静まった深夜、旅籠の廊下で一緒に遊ぶ。

その直後、追っ手が踏み入ってきて、旅籠は大混乱に陥る。騒動のさなか、駒若君と取りちがえられた槌松は、哀れにも首をはねられてしまう。

大変な悲劇が出来《しゅったい》するわけだが、「大津宿屋の段」を見ていて私が感じるのはなぜか、のどかな旅情である。宿の布団に文句をつけたり、旅人同士でちょっと会話を交わしたり、なんだか楽しそうなのだ。

この感じ、なにかに似ている……。と考えて思い当たったのは、アニメ『サザエさん』の旅の回だ。サザエさん一家はたまに、家族旅行に出かける。特に大事件も起こらぬまま、一家は「天橋立《あまのはしだて》」的なスタンダードな名所をめぐる。私は子どものころ、この旅行の回がすごく楽しみで、食い入るようにテレビ画面を眺めていた。

『サザエさん』の場合、名所を紹介してくれるといっても、実写ではなくアニメの絵だ。しかしそれゆえに、行ったことのない場所への想像力をなおさらかきたてられる。昨今では実写の旅番組も多く、天候によっては、「晴れていたら、この露天風呂からきれいに富士山が見えるそうです」ということもあるが、アニメだとその点、安心だ。いつだって、露天風呂からは富士山がばっちり見える。とはいえ、そこはアニメだから、晴天時に撮った映像や写真とちがい、「実際に見たら、どんな風景なのだろうか」と想像する余地が多分に残される。

文楽もアニメと似たところがあり、演じているのは人形だし、背景も最低限しかないので、想像の余地はたんまり残る。なおかつ、登場人物の言動から、旅の高揚した気分は十二分に伝わってくるので、「大津の宿とは、実際に行ったらどんなところだろうか」と、ものすごく旅情をかきたてられる。

江戸時代の観客も、舞台を通してまだ見ぬ土地を夢想し、旅気分を味わっていたにちがいない。現代人がわくわくしながら、『サザエさん』の旅の回に見入るように。仮想の旅を味わい、旅への意欲を高めるために必要なのは、鮮明な写真や実写映像ではないようだ。

## ヒノキがうつくしい熊野古道

熊野古道に行ってきた。世界遺産にも登録された熊野古道は、いくつもルートがあるが、今回歩いたのは三重県の馬越峠《まごせ》のコース（二・六キロ）だ。

ヒノキが植林されたうつくしい山に、石畳の道がつづく。さまざまな形の石が、しかし整然と地面にはめこまれており、昔のひとの道づくりの技術はすごいものだと頭が下がった。

けっこうな山道なうえに、雨も降っていたので、すべりやすい。足もとばかり見て歩く。ガイドのおじいさんは、何十年も山仕事をしてきたそうで、杖を片手にすたすたと山道を登っていく。さすがだ……。

おじいさんは、ちょっと姿のいいヒノキを見つけると、「このくらいの木は、昔は一本一万円で売れたものだが、いまは値崩れして二千円ぐらいだ」と嘆息する。「一万円だった、一万円だった」と勘定するおじいさんの声に合わせ、濡れた石畳を慎重に進む。合間にもちろん、山に生えているめずらしい植物なども教えてくれるので、楽しく峠道を越えることができた。

危なっかしい足取りの私を気づかい、おじいさんはところどころで休憩を入れてくれた。

カッパを着て、雨に濡れながら握り飯を食べる私たち。そのまえを、山歩きに慣れた風情の若いカップルが、軽快な足取りで通り過ぎていった。「こんにちは」と笑顔で挨拶を交わす。おじいさんはカップルを見送り、

「山ガールだな」

と一言。御年八十歳ぐらいだと思うが、いまどきの言葉をよくご存じだ。

「最近、若い女のひとも熊野古道へ来るようになった。山に興味を持ってもらえるのは、ありがたいことだ」

そう言ったおじいさんは、飯粒が喉に引っかかったようで盛大にむせた。だ、大丈夫ですか。急いで茶を飲むようにすすめる。

おじいさんの「むせ」も無事に収まり、尾鷲の市街地を一望できる見晴らし台に案内された。尾鷲は海と山に囲まれた、雰囲気のいい町だ。尾鷲から熊野までは、より険しい山道がつづいているらしい。馬越峠を越えた昔の旅人は、尾鷲で宿に泊まり、翌日の山越えに備えて英気を養ったそうだ。

熊野詣《もう》でが盛んだったころ、この道を多くのひとが行き交った。篤い信仰心と、故郷を離れて旅をする高揚感が、かれらの胸にはあったはずだ。途中で行き倒れてしまったひともいただろう。かれらもみな、いまと同じ石畳の道を歩いたのだ。

過去と現在はひとつづきなのだと、改めて感じられる体験だった。

# 藤子・F・不二雄ミュージアム

川崎市にある、「藤子・F・不二雄ミュージアム」に行ってきた。登戸《のぼりと》駅（小田急線、JR南武線）からミュージアムまでは、F先生が生みだしたキャラクターで彩られたバスが運行中！

平日の昼間にもかかわらず、ミュージアムは大きなお友だちで大盛況だった（入館にあたっては、日時指定したチケットを予約する必要があるので、ご注意を）。入り口で一人一個ずつ、音声ガイドを渡される。館内は特に順路などは決まっていない。展示品について知りたいときは、音声ガイドのボタンを押して、録音された説明を各自で聞く仕組みだ。

ドラえもんが、コロ助が、エスパー魔美が……！　ミュージアムに入館した瞬間から、テンションがマックスになって落涙（早すぎる）。自作について語るF先生の動画に落涙。トキワ荘の仲間たちと、8ミリでウェスタン映画を撮ったときの写真に落涙。同行の友人に、「大丈夫なのか……」とドン引きされる。しかし、かくいう友人も、F先生が娘さんたちのために作った「サンタボックス」（クリスマスに欲しいプレゼントを手紙に書き、サンタさん宛に入れておく箱。すごくかわいい）を見て、「なんていいお父さんなんだ」と落涙していた。

とにかく、ぬくもりと楽しさに満ちたミュージアムで、時間が経つのを忘れる。F先生の書斎も見られるし、『ドラえもん』の「きこりの泉」も再現されていて、「きれいなジャイアン」が出現するよ！　細かいところまで工夫がこらされ、広い庭にもキャラクターの人形がいっぱい！　グッズも大充実していて、絵はがきやらを大量に買ってしまったのでした。

レストランの待ち人数が尋常じゃなかったので、入れなかったのが残念だ。入館してすぐに、とりあえずレストランに直行するのがいいかもしれない。「アンキパン」を食べたいので、また行こう。

帰りはぶらぶらと歩く。川沿いの遊歩道にも、ちゃんとキャラクターが設置されていて、道しるべになってくれた。

帰宅し、『まんが道』シリーズを再読（これは藤子不二雄Ⓐ先生の作品）。トキワ荘に集った若い漫画家たちの友情に、改めて胸が熱くなる。彼らの情熱があったからこそ、日本の漫画文化は大きく花開いた。

「藤子・F・不二雄ミュージアム」は、子どものころに接したキャラクターを懐かしむためだけの場ではない。漫画の歴史を振り返り、漫画の未来を見据えるための、重要な記念の場なのだ。

次は、トキワ荘があった椎名町に行きたいなあ……。

# 母と一緒に修善寺《しゅぜんじ》温泉

紅葉がはじまりかけたころ、伊豆の修善寺へ行ってきた。伊豆というと海のイメージがあるかもしれないが、修善寺は半島の内陸部に位置し、山に囲まれた風情ある温泉街だ。新旧の旅館が並び、川沿いには、うつくしい竹林を有した遊歩道も完備されている。

平日だったが、多くの観光客が町を歩いていた。私は母と行った。去年、母と箱根のホテルに泊まり、野獣のごときいびきに辟易《へきえき》したのだが、今年も、「ねえ、しをん。お母さん、たまには旅行でもしたいわー」というさりげない（？）プレッシャーに負け、「じゃあ、温泉どう？」と誘ってしまったのだ。なんという孝行娘だ。

修善寺で泊まった旅館は、お料理がとてもおいしく、立派な露天風呂があるうえに、部屋風呂も温泉（しかも、かけ流し）。一泊二日のあいだに、私は露天風呂に二回、部屋風呂に三回も入ってしまった。でも、湯あたりすることもなく、お肌はすべすべだ。いいお湯だなあ、修善寺温泉。

こうして満足のうちに、母と私は敷いてもらった布団で就寝した。布団もふかふか。こんなに平穏に、母との旅の時間が過ぎていくなんて、夢のようだ。

しかし、もちろん平穏に済むわけがなかったのだ。寝るまえに、私は朝七時半に目覚ましをセットした。朝ご飯のまえに露天風呂へ行けるようにと、母と相談して決めた時間だ。おやすみなさい。母も今回は、いびきもかかずおとなしく眠っている。

ところが朝の五時ごろに、隣の布団から母がもぞもぞ立ちあがった。トイレに行くらしい。私は気にせず寝ていたのだが、トイレから戻った母が、「昨日の夕飯、おいしかったわねえ」と、フッツーに話しかけてきた。お母さん、私、寝てるんですけど！

「うん、おいしかったね。でも、私はまだ眠いから、七時半まで静かにしてて」

「わかった」

と、母は再度布団に入った。

ところが母は、「今日の朝ご飯はなにかしらねえ」と、寝てる人間に対して、またもフッツーに話しかけてきたのである！　眠りを妨げられ、枕もとの時計を見たら、七時二十分。あと十分で目覚ましが鳴るのに、それまで辛抱できないのか！　母はすでに布団から出て、私が寝てる布団の脇に正座し、にこにこと顔を覗きこんでくる。妖怪か！

諦めて、予定より十分早く起床する。しっぽりと温泉を楽しむべく、彼氏が欲しい。痛切にそう思った。

## 病院てんやわんや

さきほど誘惑に負け、ピザを注文してしまった。インターネットって便利だなあ。ニュースサイトを見ていたら、脇のところにピザ屋さんのCMが出るんだから。俺が空腹だってこと、おまえさんどうしてわかったんだい？

ピザに加え、パスタとエビの揚げたの（好物）も注文しちゃったのさ……。どう考えても、一人が食べる分量じゃない。また玄関先で、「ピザ来たよー」って、同居人がいるかのような小芝居を打たなきゃならんときが来たようだ。マヤ、ガラスの仮面をつけるのです！

こんな調子で家に籠もってるので、最近全然、旅をしていない。心のなかでは常にレンタカーやら軽トラックやらを走らせ、温泉めぐりをしているのだが。むろん、心のなかでも常に一人旅なのだが。マヤ、一人芝居であってもパントマイムの技術を高めれば、観客の目には共演者の姿が見えてくるのですよ！

『ガラスの仮面』（美内《みうち》すずえ・白泉社）をご存じないかたには、意味がわからない文章になってしまったことをお詫びします。はじめて『ガラスの仮面』を読んだ小学生のころは、まさかこの漫画が、孤独に耐える技術を教えてくれる作品だとは思ってもいなかった。

演劇に関する漫画だと、単純に思ってた。さびしさが読解力を深める。

先日、乳がん検診に行った。私は以前から胸にしこりができやすい質《たち》で、定期的に検診している。ほかにも調べてもらったほうがいいことがある気もするが（中性脂肪とかお脳とか）。女性のみなさん、なにも気になる変化がなくても、年に一度は乳がん検診を受けたほうがいいそうですよ。男性も乳がんになることがあるらしいので、「おや？」と思ったらすぐ病院へ！

私の場合、しこりが大量にあるのはすでに判明しているので、今回はエコーを撮り、その画像をもとにお医者さんに判断をしてもらうだけですんだ。新たに発見されたしこりやら、ちょっとだけ大きくなったり小さくなったりしたしこりやらがあったが、結果として、いまのところ悪性のものはなさそうとのこと。同じ先生に診《み》てもらっているので、話も早いし、なんとなく安心感もある。

先生は、カルテに記載された私の「しこり分布図」をコピーして渡してくれた。

「いっぱいあって、説明しきれないし覚えきれないと思うから。これを見ながら、月に一度は自分で触って、しこりに変化がないか確認するようにね」

自分のおっぱい触っても楽しくないが、がんばります。

さて、エコーというのは、おっぱいにぬるぬるしたものを塗って、バーコード読み取り機みたいなものをすべらせる検査法だ。乳房内部の様子が、画面に映しだされる。エコーのブースはカーテンで仕切られており、隣の声は丸聞こえである。

エコー技師のかたは、バーコード読み取り機的なものを操作しつつ、真剣な表情で画面に見入っている。何度も受けた検査とはいえ、「今回はどんな結果じゃろなあ」とちょっと不安にもなり、私は神妙にベッドに横たわっていた。

すると隣のブースから、べつのエコー技師と患者さんらしき女性の声が聞こえてきた。

「今日はご家族のかたは？」

「いえ、私一人です」

と言っているので、なにか深刻な病状なのかと気が揉める。しかしややして、

「これが背骨です。こちらが胃」

「まあ」

「あ、いま姿勢を変えましたね。見えました？」

「はい。男の子だ……！」

との声が。

なんだ、おなかの赤ちゃんをエコーで見てたのか。めでたい話で、よかったよかった。

それにしても、胎児の父親よりも早く、生まれてくる赤ん坊の性別を知ってしまったぞ。もちろんカーテン越しなので、妊婦さんの顔も名前もわからないが、なんとなく妙な気分だ。私は寝そべっておっぱいのエコーを撮ってもらってる場合なのか？　ここはいっちょ、「性別判明、おめでとうございます！」と、傘のうえで土瓶《どびん》とかまわしながら、隣のブースへ乱入すべきなんじゃないか？

傘のうえでいろいろまわす技術を持ちあわせていないため、寝そべったまま心で祝福を述べるに留めておいた。病気のひとや、病気の検査を受けに来るひともいれば、生まれてくる命もある。病院ってのは、社会や生き物のありようがギュッと濃縮された、不思議な場所だなとつくづく感じた。

エコーが終わり、先生の診断を待つ。外科の待合室でソファに座っていたら、ものすごく元気な二歳ぐらいの男子が、母親とともにやってきた。男子は、病院という物慣れぬ場所に興奮したのか、待合室の廊下を駆けまわったり、土足のままソファに乗って窓の外を眺めたりする。母親は必死に言い聞かせ、追いかけるのだが、彼はあまりにもすばしこく、靴を脱がせる隙すらもないぐらいなのだ。

私は当然、母親が患者なのだろうと思っていた。どこか怪我でもして、幼い息子を家に放置するわけにもいかず、一緒に病院へ連れてきたんだろうと。

ところが、看護師さんの事前の問診によって、驚愕の事実が発覚。怪我をしたのは、走りまわっている二歳男子だったのだ。

「○○くん、頭をぶつけちゃったんだって？」

看護師さんの問いかけに、男子をやっと捕獲して抱きかかえた母親が答えた。

「はい。今朝、○○は自宅で、頭から棚に突っこんでいきまして」

この男子なら、さもありなん……。待合室にいた老若男女全員が、看護師さんと母親のやりとりに耳をダンボにしているようだった。

「それはいつものことなのですが」

と、母親はつづけた。「今日は運悪く、棚に置いてあった大きくて重くて尖《とが》った時計が衝撃で落下し、○○の頭に刺さったんです」

ええー！　全員の胸に、驚きと若干の心配と笑いを含んだ声がこだました（と思われる）。

「急いで止血したんですけど、なかなか止まらなくて……。心配になって、ここに来ました」

男子はすでに、母親の腕から身をよじって抜けだし、再び待合室の廊下を走りまわっている。いや、お母さん。素人の見立てではありますが、息子さん、これ以上なく大丈夫そうですよ……。

「血が止まらない」と言っても、だらだら流れてるわけじゃないのだ。男子は私が座ってる隣で、ソファをトランポリンに見立ててぴょんぴょん跳ねていたが、どこが傷口なのかもわからない程度だ。この元気さで脳挫傷《のうざしょう》とかだったら、驚く。

しかし、素人の生兵法《なまびょうほう》は慎まねばならん。「頭の怪我だから安静に」と言ったところで、こいつは聞く耳持たんだろうし、とにかく専門家に診てもらおうというのは、正しい判断であろう。

看護師さんは、はしゃぐ男子を眺め、

「……いつもと変わった様子はないですか？」

と母親に尋ねた。頭に時計が刺さった影響で、興奮状態にあるのではないか。むしろ、そうであってほしい。そんな一縷《いちる》の望みを託した問いであることが察せられた。

しかし母親は、

「ええ、いつもどおりです」

と、ちょっと疲れた様子で答えたのだった。連日、こんなチビッコ猛獣の相手をしなきゃならんとは、育児って大変すぎる。

「じゃあ、念のため、レントゲンを撮ってきてください。診察はそのあとに」

と、看護師さんは言った。「レントゲン室にはスタッフが大勢いますから」

暴れるチビッコ取り押さえ要員、ということだろう。母親はまたも苦労して男子を捕獲し、うえの階にあるレントゲン室へと去っていった。はたしてあの猛獣が、おとなしくレントゲンを撮らせてくれるのか……。静寂の戻った待合室に、盛大な疑問符が飛び交った。

しばしのち、私は先生に呼ばれ、診察室に入った。先生はエコーの画像を眺め、前回のエコー画像およびカルテと見比べた。どうやら老眼のようで、虫眼鏡を駆使しておられる。

「前回のしこりの大きさが……。ん、これ、何ミリって書いてある？」

「七ミリですね」

カルテを読むお手伝いをしつつ、先生の判断を待つ。するとそのとき天井から、この世の終わりとばかりに泣き叫ぶチビッコの声が降ってきた。明らかに、さきほどの猛獣男子の声だ。

さては、いまレントゲンを撮られておるのだな。案の定、おとなしくしてはいられなかったか……。

私は笑いを嚙み殺したのだった。おかげで、判断を待つあいだも気がまぎれた。ふだんだったら、「うるさすぎるんだよ、このガキめが」と思うところだが、元気さがひとしお微笑ましく感ぜられることよのう。

それにしても、「時計が頭に刺さった」って、すごいですよね。うぷぷ。いや、笑いごとじゃないか。

なにが原因で、いつ命をなくすかわからない。時計が頭に刺さることは、さすがにあんまり予期できそうにないが、なるべく気をつけて、生あるうちは精一杯生きていきたいものである。

四章

# だれかとつながりあえそうな

# 包んで贈る十二月

寒いのは苦手なのだが、十二月の空気は好きだ。

十二月になると、暖房の効いた部屋でミカンを食べながら、慌ただしくひとの行き交う街を歩きながら、「仕事も終わってないのに、今年ももう終わりか」とか、「来年こそはダイエットしたいものだ」などと思う。そういうとき、冷たくて清浄な十二月の空気から、まっさらな包装紙がなんとなく連想される。皺《しわ》の寄っていない、美しい包装紙。ピンとして手触りがよく、ときめくような模様が描かれている。

「また何事も為《な》し得ぬまま、一年が終わろうとしている……」という若干のあせりと、「まあ来年もこんな感じに、親しいひとと過ごす一年であればいいな」という期待があるから、まっさらかつ美しい包装紙が思い浮かぶのだろう。

十二月が贈り物の季節だから、包装紙を連想するということもある。お歳暮ももちろん、ときめきの贈り物ではあるが、やはりなんといってもクリスマスだ。私は特定の宗教を持たず、素敵なプレゼントをやりとりする恋人もいないので、クリスマスで盛りあがる若い衆に向けて、うらやみと憎しみの歯ぎしりを送るばかりの昨今だ。

しかし、子どものころはちがった。小学五年生ぐらいまで、一点の曇りもなく、サンタクロースからのプレゼントを楽しみにしていたのである。うちに来るサンタがまた、気合いが入っていて、なかなか尻尾《しっぽ》をつかませなかった。毎年、手袋などを枕元に置いていってくれるのだが、必ずカードがついている。しかも、筆跡が崩してあったり、当時発売されたばかりだったはずのワープロで打ってあったり（むろん、我が家にそんな最先端機器は存在していなかったので、サンタはたぶん、職場のワープロを私的流用したのだろう）、雑誌かなにかから切り抜いた文字がひとつひとつ貼りつけてあったり、ほとんど脅迫状的凝りようだった。

サンタのおじさんは、なぜこうまでして身元が判明することを避けたがるのか。というような疑念は露ほども抱かず、私は単純に、「わーい！」と大喜びしていた。いま考えると、「自分もうちに来ていたサンタも、アホじゃなかろうか」と顔が赤らんでくるのだが、子どものころの私にとってクリスマスは、とても不思議な、異世界と最接近する日だったのだ。

のちにサンタは、「おまえがコロッとだまされるもんだから、こっちも引っこみがつかなくなった」と語った。

前述のとおり、大人になってからは残念ながら、クリスマスとはとんと無縁だ。十二月二十四、二十五日ごろといえば、「ああ、だめだ。年内の仕事がどうしたって終わらない。そして大掃除！　部屋の大掃除にいつ着手すればいいの？」とグルグル考えはじめる時期でしかなくなり、結局そのまま掃除をせずに年を越す、というのがここ二年ほどのパターンだ。つまり私が住むアパートの部屋は、もう三年はちゃんと掃除をしていない。先日、元サンタがアパートを訪ねてきたのだが、あまりの惨状に首を振りながらすぐ帰ってしまった。せっかく脅迫状じみたカードまで作成して贈り物をしつづけた相手が、こんなに整理整頓能力のない人間に育ってしまうとは、サンタも大いに誤算かつ遺憾《いかん》といったところであろう。

でも、得体の知れぬ存在からの贈り物を、ドキドキしながら開ける楽しさを覚えているせいか、十二月は包装紙のイメージとともに、いまも高揚と少しのさびしさをもって私のまえに立ち現れる。

万全とはいかなかった一年だが、それでもなんとか乗り切れそうだとホッとする気持ち。また次の年も、親しいひとととともに、できるだけ幸せでいられますようにと、めずらしく素直に願う気持ち。それらを包んで大切に胸に抱き、あるいはだれかにそっと差しだすのに、透きとおって乾燥した十二月の空気は最適だ。

たとえ一人で過ごしていても、だれかとつながりあえそうな希望と期待が芽生えてくる。そういう特別な月だなと、包装紙を連想しては毎年思う十二月なのだ。

# ヒノキのテーブル

あけました。

喪中のかたもいらっしゃるだろうし、「新しい年になったって、なんにもめでたいことなんかねえや」というかたもいらっしゃると思うので、事実だけを述べる挨拶で失礼します。あけました。

とはいえ個人的には、新年を迎えるたび、なんとなくすがすがしく晴れやかな気持ちになる。なにかをやり直せそうな気がするからだろうか。実際には、やり直せたためしなんかないのにな。この文章を書いているのは二〇一〇年の年末で、その時点で新年に持ちこしちゃいそうな仕事がたくさんあり、正月の準備もまだ全然できておらず、おせち。おせちか……。予言するけれど、この文章が掲載される二〇一一年の元旦、私は例年どおり、パックの切り餅を投入した豚汁を雑煮だと言い張って、一人ですすっていると思います。

ちょっとさびしい。だけど、いろんな仕事や約束を持ちこして、やるせなさやさびしさもちょっと抱えたまま、それでも新しい年が巡ってくるということ自体が、やはり根本的にすがすがしく、言祝《ことほ》ぐべきシステム（あるいはサイクル）であるなあ、とも思うのです。

特に今年は、ウサギ年！　私は動物のなかで、ウサギが一番好きだ。十二年に一度のチャンスなので、干支《えと》の置き物や切手といった、ウサギグッズをあれこれ買ってしまった。これは「正月の準備」という名目のもと行われた、単なる物欲の発露である。

子どものころ、ウサギを飼っていた。いまでもしばしば、抱っこしたときの感触を思い出す。なめらかでやわらかい毛の手ざわり。その奥にあるあたたかい体。何年も飼ってるのに、私に抱かれるとまだ緊張するのか、すごく速く鼓動を打っているのが伝わってくる。生き物の重みとぬくもり。

現在は同居するひとも動物もおらず、自分以外の生命体のぬくもりとは無縁の暮らしだ。しかし、ヒノキのテーブルがある。林業の小説を書いたとき、取材でお世話になった三重県尾鷲市のかたにいただいたものだ。

家具や床や柱。私たちは多くの木製品に囲まれて生活している。だが、林業について調べるまえは、私は不覚にも、それらが元々はどこかに生えていた木だったということを、ちゃんと実感できていなかった気がする。

いまは、少し認識が変わった。

林業に取り組む人々は、急斜面の山で木の手入れをしている。百年先を見越して苗を植え、下草を刈ったり枝打ちをしたりと、木の生長を見守っている。そうしてようやく、製品として加工できるまで育った木が、私たちの暮らしを彩り、支えてくれているのだ。

ヒノキのテーブルにそっと触れる。ひんやりと手に吸いつくように感じられるときも、あたたかくさらりとして感じられるときもある。刻まれた年輪は、かすかにピンクがかっている。同じものはひとつとしてない、天然の模様だ。かつて、山で雨や風を受けながら生きていた木。テーブルになったあとも、湿度や温度に反応して、ひそやかに呼吸しつづけている木。

このヒノキを植えたひとは、もうこの世にはいないかもしれない。木が育つまでには、それだけの時間がかかる。でも、山で働く大勢のひとが手入れをつづけたおかげで、植えられてから何十年も経って、テーブルとして私のもとへやってきた。加工や運搬も含め、ものすごく多くのひとが、ひとつの製品にかかわっている。

そう思うと、「このテーブルは大事にしよう」という気持ちに自然となる。と言いつつも、お茶をこぼしたり、筆圧が高いので書きものをして跡をつけちゃったりしているのだが。それすらも、「俺とおまえ（テーブル）は一緒に生活してるんだなあ」という証《あかし》に思えて、なんだか愛おしい。

いまの私の心配は、「私が死んだら、このテーブルはどうなるんだろう」ということだ。木は、生えてるときの寿命も長いが、製品に加工されてからも、人間よりもずっと長い時間を持ちこたえる。私の死後も、だれかが大切に使ってくれるといいのだが。

ものをつくること、ものを使うことは、自分以外の他者とつながることだ。そのあたりまえの事実を、林業の現場を見て、改めて思い知らされた気がする。

たとえ、大量生産された品であっても、天然素材ではない品であっても、ひとつの「もの」の背後には、それをつくり、運び、販売したひとが必ず存在する。ポコポコと機械がつくったのかもしれないが、それでも、その機械をつくったひと、機械の作動を制御し見守るひとがいるはずだ。

ものを通して、私たちはだれかとつながっている。その心強さを、ほのかなぬくもりを、忘れぬようにじつつ、ヒノキのテーブルやウサギグッズのある部屋で、餅入り豚汁を食べるとしよう。

# 犬に思う

こういうときに大きな目標を立てられればいいのだが、新しい年を迎えるにあたって思いつくのは、「部屋を掃除したい」「やせたい」「犬を飼いたい」「休みたい」といったことばかりだ。

部屋はこまめに掃除しておけという話だし、やせたければ食べるのを控えて運動すればいい。生来のズボラと自律心の欠如が、生活態度にも肉体のフォルムにも表れているのである。こんなズボラな人間に飼われたら犬も不幸で、散歩に連れだしてもらえず、みるみるうちに私と同じく豊満なフォルムになってしまうのは目に見えている。

よって、新しい年もまた、犬は飼えないし、肉体は膨張をつづけ、部屋はカオス的混乱状況を呈するだろう。最後の「休みたい」にしても、実際のところ休んでばかりいるから、部屋は散らかったまま、運動もしないまま、脳内で犬を飼ってみるも散歩にすら行かないままなんだろ、と（自分に）言いたい。

だいたい、すがすがしき年のはじめにあたり、「〜したい」と己れの欲望ばかり述べたてるのはいかがなものか。もっとこう、「世界人類が……でありますように」という方向を目指してみたらどうなのか。

「……」の部分を思いつかなかった。飼い犬はいないが、自分を散歩させるべく表へ出る。

うちの近所には、犬を放せるスペースを有した公園がある。公園でのは犬が自由気ままに走ってるもんだろうと思っていたのだが、昨今では柵《さく》のなかでしか引き綱を放してはいけないみたいだ。いきなり犬に嚙みつかれる危険が減るので、よく犬に嚙みつかれる身としては歓迎すべき事態だが、はたして犬自身はどう思っているのか。

それが気になって、散歩の途中にしばしばその公園に寄り、犬を放せるスペースを見物する。柵越しだから安心だ。大小さまざまな犬は、楽しそうに芝生のスペースを駆けまわっている。交尾をおっぱじめる犬はいないんだろうかと、ややはらはらしながら毎回観察するのだが、いまのところ目撃したことはない。互いの尻をしきりに嗅ぎあうのみだ。避妊（去勢）手術が徹底しているからなのか、発情期には放し飼いスペースに連れてこないようにしているからなのか、飼い主が犬によく言い聞かせているからなのか、真相は不明だ。

走りまわれるのは限られた場所のみとはいえ、犬はべつに不満は感じていないように見える。そんなものなのかもしれん、と思う。パスポートを持っているにもかかわらず、私も家の周辺しか出歩かない。宇宙や深海に旅できたとしても、人間も犬も、所詮は頭蓋骨という監獄に閉じこめられたままだともいえる。

今日はボルゾイがいた。トルストイも飼っていたという優雅な犬種だ。ものすごく大きい。大人の腹ぐらいまで体高がある。足もとを駆けまわるポメラニアンが吠《ほ》えたてても、長い顔をちょっと動かすだけで、大変おとなしい。

ポメラニアンとボルゾイは、お互いのことをどう認識しているのだろう。「ずんべらぼうと立ちふさがりやがって、この二階建て家屋が」「なんだかうるさく動きまわる三輪車だなあ」といった感じか（大きさからすると、それぐらい差のある二匹だ）。それとも、「もしかしておまえも俺も、人間の言うところの『犬』とかいう生き物？」と、においや吠え声などから判断をつけ、ちゃんと仲間だとわかっているのか。

いや、生き物と生き物のあいだには本来、「なんとなく気が合うか否か」というぼんやりした基準しかないのかもしれない。富士山と高尾山ぐらい大きさに差があろうが、犬と猫だろうが、とにかく、なんとなく気が合えば、それでいいのかもしれない。ひとは言語を獲得したがゆえに、「言葉を使えば通じあえるはずだ」という期待（幻想）に振りまわされてしまい、犬のようには友好関係を築けずにいる気もする。

となると、言葉ってなんなのか。人間も裸になって転げまわり、においを嗅ぎあえばいいんじゃないか。ついでに、まぐわう。

……なんの話だったっけ。公園から帰り、書きかけだった文章を見て、「そうだ、新しい年にふさわしい標語を考えていたんだった」と思い出す。

「世界人類が裸のつきあいができますように」

無理だ。どうしたって私には無理だ。裸のつきあいをするためには、ひとまえで服を脱げる程度にはやせる必要がある。

そういうわけで、新しい年もまた、体重管理への飽くなき挑戦と（負けるとわかっていても、戦わねばならないときもあるのだ）、「言葉ってほんと通じないなあ」という思いにいかに折り合いをつけるかで終わる予感まんまんだ。

追記：先日、また散歩の途中で公園に寄り、犬を放すスペースを眺めていたところ、ついに遭遇した！　紀州犬ぐらいの大きさの和犬に対し、ちょっと毛深いチワワが挑まんとしていた！

いつまで経っても子犬みたいな風体《ふうてい》のくせに、チワワも発情するのか……（そりゃ、するだろう）。和犬とチワワとでは、平屋と三輪車ぐらい大きさにちがいがあるのに、ほんとにどうやって同族だと認識してるの？　さまざまな疑念がよぎり、私もチワワと同じぐらい興奮して（性的な興奮ではないですよ、学究的興奮ですよ、念のため）、柵から身を乗りだしてなりゆきを観察する。

和犬（雌）は、チワワ（雄）を鬱陶しがっているようだった。「うるさい蚊《か》がいるわね」という感じに、チワワが挑みかかろうとすると体を揺すって振るい落としたり、小走りで逃げたりした。しかし、チワワは諦めない。和犬がお座りをすると、すかさずその背中にのしかかり、腰をカクカクさせる。

とはいえ、体格がちがうので、チワワ的にはのしかかっているつもりでも、端《はた》からは和犬の背中にしがみついているようにしか見えない。猿のお母さんが、小猿を背中に貼りつかせたまま、座って芋を食べていることがあるが、和犬とチワワの体勢はまさにそんな感じだ。

あのー、チワワさん。どう見ても、あなたの肝心な部位は、和犬の肝心な部位に接触すらもしていないようなのですが……。心のなかで呼びかけるも、チワワは必死になって、和犬の背中でカクカクしている。和犬のほうは、「なんかもう、勝手にすればいいわ」という顔で、お座りしたままボーッと遠くを見ている。

人間にたとえて言うと、男が背後から必死に腰を動かしてるのに、女は「はいはい。そこ、全然見当ちがいの場所なんですけど」とうんざりしながら鼻くそほじってるようなもので、ちょっと立ち直れないですよね……。私はチワワ氏のむなしい奮闘ぶりに、思わず目頭をぬぐったのだった。

それぞれがべつの方向で無我の境地に至っているチワワ&和犬とちがい、飼い主二人は、非常にいたたまれなそうだったのが印象的だ。協力して両者を引き離そうとしては、チワワの性欲のまえに敗退していた。

チワワが愛玩犬だなんて、嘘だ。荒ぶる野性の底力を見た。

# 銀座のエレベーター

私にとって銀座とは、わくわくしながら、ひたすら大通りを練り歩く町である。そして子どものころから、「新しい出会いとめずらしいエレベーターがある」という位置づけの町でもあった。

小学校の高学年になっても、毎晩ぬいぐるみと一緒に寝ていた。寝床の脇の壁には、父の作ってくれた棚が吊ってあって、そこにお気に入りのぬいぐるみを並べた。私はその棚をひそかに「どうぶつ村」と呼びならわした。並んだぬいぐるみたちは、どうぶつ村の構成員である。寝るまえに、構成員のなかから一匹を指名し、ともに布団に入る。

構成員をどこでスカウトしてくるかというと、銀座の「博品館」だった。「誕生日になにが欲しい？」と親に聞かれると、私は「ぬいぐるみ！」と答え、博品館につれていってもらった。

このおもちゃ屋さんは、まことに子ども心をくすぐるビルのつくりと品揃えだ。フロアの中央にガラス張りのエレベーターがあり、そのまわりに螺旋《らせん》状の階段がついている。なんだか未来チックで、並んだおもちゃの魅力とフロアごとに変わる雰囲気とを、いっそう高める威力がある。

ぬいぐるみの品揃えもまた、変わっていた。ウサギとかクマとか、ぬいぐるみとしてありふれた動物ばかりではないのだ。ほかでは見たことのないようなぬいぐるみをまえに、だれをスカウトすべきか、私は毎回悩みぬいた。博品館から我がどうぶつ村へやってきたぬいぐるみには、カバ、コアラ、灰色のライオンの子ども、などがいる。カバカバ、コアコア、ライニーちゃん、という名前をつけた。致命的にネーミングセンスがない。

博品館出身のぬいぐるみたちを、生命を持った友人のように感じ、頻繁に語りかけ、大切にしていたことを思い出す。子どもにとっての楽しみや喜びがいっぱいに詰まった博品館は、無機物ではあっても大事な友だちと出会える、夢のような場所だった。

大人になってからは、待ちあわせまでの時間調整をするために、ふらりと「資生堂ギャラリー」に入ることが多い。

ここのエレベーターは、階数ボタンが昔の黒電話みたいに円形に配列してあり、とてもシックだ。階段は狭く、わざと照明が暗めになっていて、「オシャレな産道」といった印象がある。産道にオシャレとかオシャレじゃないとかがあるのかわからないが、とにかく、表通りの喧噪《けんそう》から隔絶された空間で、静かに作品と向きあうのにうってつけの演出になっている。

このギャラリーで私は、米田知子さんの写真を偶然知り、静謐《せいひつ》な緊張感あふれる画面に釘付けになった。その素晴らしさを忘れられず、のちに自分の本の表紙に使わせていただいたほどだ。

だれでも気軽に入れて、作品との思いがけない出会いが待っている。資生堂ギャラリーは、いつも刺激的で楽しい空間だ。そこへ導き、そこから現実世界へと戻してくれる、異界との通路のようなエレベーターと階段も。

もうひとつ、銀座で印象的なのは、「アップルストア銀座」にあるエレベーターだ。二台のエレベーターが並んでいて、各階止まりで互いにうまくすれちがうよう、自動設定されている。つまり、乗りたいと思って上下のボタンを押したり、乗ってから行きたい階のボタンを押したりする必要が、いっさいないのだ。

このエレベーターをはじめて利用したときは、「ボタンがないよ!?」とまごついた。ただ乗っていればいいのだとわかり、「さすがパソコン会社はハイテクだ」と感心しきり。

感心の仕方がすでにローテクっぽいが、私は機械のことはてんでわからない。パソコンはずっとマックを愛用しているけれど、搭載された機能の百分の一も使いこなせていない自信がある。それでしばしば、パソコンを壊したり不具合を発生させちゃったりして、泡を食ってアップルストアに駆けこむ。

アップルストアの店員さんは親切で、当然ながらパソコンにとても詳しい。

「いつもとちがうことはしていないのに、急に動かなくなったんですよ。なにがいけなかったんですかねえ」

などという、要領を得ない私の訴えにふんふんと耳を傾け、ちゃっちゃと問題を解決してくれる。神か？　といつも驚嘆する。

アップルストアに行くときは、たいがい悲愴な気持ちでいる。「すぐに直るかしら。直らなかったら、仕事が……」と悪い予想をしながら、重いパソコンを引きずってエレベーターに乗る。ボタンを押す必要がないから、荷物が多くてもらくちんだ。

そして、無事に復活したパソコンを抱え、再びエレベーターに乗るときのすがすがしさよ。機能的で洗練されたデザインのアップルストアのエレベーターは、親切でプロフェッショナルなアップルストアの店員さんを、端的に象徴しているなあと思う。

博品館、資生堂ギャラリー、アップルストアは、「楽しい非日常」を味わえる場所だ。そこにあるエレベーターからは、それぞれの建物の役割にふさわしい気配りと演出が感じられる。

それはまた、銀座という街そのものの特徴をも表現している気がする。ちょっと見にはすっきりと明るく穏やかで、しかし内側には、日常とはちがう異空間を重層的に秘めている。

銀座を訪れる人々は、目的のビルのエレベーターに乗って、小さな異空間を旅する。どのビルのどの階にも、楽しい世界が広がっている。だから、再びエレベーターで地上に戻った人々は、どこか晴れやかな表情で大通りを歩くのだろう。

銀座の記憶はエレベーターとともに、私のなかに幾重にも積み重なっていく。

# 闇のなかの小さな光

夜景のよさが、よくわからない。

「夜景の見えるロマンティックなバー」などに誘われたためしはないので、「もしかしたら、好いたらしいおひととバーから見る夜景は、ロマンティックなのかもしれぬ」と想像してみたりもするのだが、なにしろ誘われたためしがないので、よくわからない。

「夜景」という言葉には、胸躍る物語の予感のようなものが宿っている。しかし、ホテルの窓（出張などの際に自分で取ったビジネスホテルの部屋の窓、の意だ）から夜景を眺めるとき、私が感じるのは、「ああ、電気が灯《とも》ってるなあ」ということだ。ロマンティックな感慨など、欠片《かけら》も引き起こされぬ。

夜景はだいたいにおいて、高所から街を眺めてはじめて出現する。夜の繁華街を歩いていて目に映る風景のことは、夜景とはあまり呼ばない。たとえどれだけ、まわりに電飾があふれていようとも。

ひとも車も、足もとはるか遠くで蠢《うごめ》く。夜の街を見下ろす、つまり、自分だけ高みの見物を決めこむ状況において、闇に灯る電気は「夜景」に転じるのだ。夜景にロマンを見いだす感性からは、人間の持つ負の部分（支配欲、根拠なき優越感や選民意識など）がわずかながらにじみでているように思えるので、夜景の美に感嘆するのを、私はあえて自身に禁じているのかもしれない。「ナントカと煙は高いところが好き」という格言（？）を思い出せ。街を見下ろしてうっとりするようなご身分か？　あんなのはたかが電気だ。

とはいえ、夜景を見て、「たかが電気」と念仏のように己れに言い聞かせても、眼下にちらばる無数の小さな光から、いくばくかのさびしさ、あるいは哀しみを感受してしまうのも事実だ。

高所（ビジネスホテルの窓ではあるが）に上ると、地上との距離の遠さゆえに、明確に見えてくるものがある。

私たちは隔絶している、ということだ。

ちらばる無数の光のひとつひとつに、ひとの暮らしがある。だれかの帰りを待つ灯《あか》り、家族と団欒を繰り広げている灯り、ペットの猫と会話しながら、一人の夜を過ごす灯り。無数の個人の物語が光と化して、夜景を形づくっている。だが、遠い。私たちは夜景を眺めることはできるが、それはあくまで遠景であって、夜景を形づくる個々人のほとんどと、触れあうことも言葉を交わすこともなく終わる宿命だ。そう考えると、夜景とはなんとさびしく、哀しく、けれど愛おしい光の集積なのだろうと感じられてならない。

二年ほどまえだったか、私の住むアパート一帯が、夜中に急に停電になった。

それでも意地汚く、充電してあったノートパソコンで仕事をつづけていたのだが、季節は夏である。冷房も消え、狭い部屋は蒸し暑い。音《ね》を上げて椅子から立ち、手探りで部屋の窓を開けた。

闇のなかで蟬《せみ》が鳴いていた。町のほとんどの住人は、停電に気づかぬまま寝静まっているようだった。たまに、どこかの家の玄関が開き、夜更かししていた学生だろうか、周辺がことごとく停電していることを確認する気配があった。

かすかな夜風を頼りに、なおもノートパソコンに向かっていたら、尿意に襲われた。窓のないトイレ付近は真の暗闇だ。ノートパソコンを抱えてトイレに入り、画面が発する光を懐中電灯がわりに、用を足した。洗面台に置いたノートパソコンのかたわらで、下半身をむきだしにするのは妙な気分だ。なにやってんのかな、私。と思った。

停電は長引き、二回目の尿意がやってきたとき、ようやく気づいた。そうだ、携帯電話があった（正確に言うと、ＰＨＳなのだが）。わざわざ重いノートパソコンをトイレまで運ばずとも、携帯の画面の光で、充分にことたりるではないか。

私の携帯は、鳴らないことで有名である。ほとんどだれからも、電話もメールも来ない。にもかかわらず携帯を持ってる意味はあるのかしら、と常々疑問だったが、停電時に役立つと判明した。携帯画面の光量は、真っ暗闇においては、かなり心強いものだった。

携帯片手に、便座に座る。

この機械は本来、だれかとつながるためにある。だが、いまはただ、青白い光で便器周辺を照らすのみだ。「停電しちゃってさあ。困ったもんだよ」と、状況報告をしたい恋人や友人の顔は思い浮かばない。そんな些細な用件で、深夜に恋人（いないが）や友人を叩き起こすのは本意ではないからだ。と思いたいのはやまやまだが、私の携帯は停電の発生の有無にかかわらず、本来の用途で使われることはほとんどないんだっけ。という事実を、闇に沈んでいた便器とともに、携帯画面の光が容赦なく照らしだす。

私にとって、光はしばしば、隔絶の象徴となる。それが闇にまたたくものであるがゆえに。

文庫追記‥ずっとPHSを使いつづけてきたのだが、ガラケーを飛び越え、一気にスマホにバージョンアップ（？）した。PHSの窓口に電話をかけ、契約を終了したい旨を伝えると、先方はすごく悲しそうに、「後学のために、差し支えなければ、なにが理由か教えてください」と言った。長年のつきあいだ。ここは正直にならなきゃ人間がすたると判断し、「アイドルのコンサートが……、電子チケットのみなんです！」と恥をかなぐり捨てて白状した（当時、某K－POPグループにはまっていた）。すると先方は、「まあ……！　それは解約もやむをえないですね。弊社が電子チケットに対応できておらず、申し訳ありません。どうかコンサート、楽しんでらしてください……！」と、心のこもったエールを送ってくれた。先方も私も、涙、涙の別れであった。

窓口のひともアイドル好きだったのだろうか。人間味あふれる対応に、長年PHSを使いつづけてきてよかった、と思った。

## 理不尽の権化

どちらかというと怒りやすい質なので、わりと常にいろんなものやひとに対して、「死ね」とか「殺す」とか思っている。思ってはいるが、本気で死ねと言ったり殺そうとしたりしたことはない。

しかし、なにごとにも例外はある。母親だ。母という理不尽をまえにすると、我が胸の内で途端に「死」と「殺」が本物になる。

私はこれまで百万回ぐらい、「死ね、頼むから死んでくれ」と心から母に懇願してきた。包丁の刃先が母の腹のほうへ向き、しかもその包丁を持つ自分の手が怒りでぶるぶる震えているのに気づいたときは、さすがに「まずい」と思った。「母親を殺すのはまずい」と思ったのではなく、「こいつのせいで殺人犯になるなんて……。自分をもっと大切にしなきゃまずい」と思ったのである。あれが一番、私が殺人衝動に近接した瞬間だった。

なにをおおげさな、と感じるかたもいるかもしれないが、私の母親と暮らせば三日で本格的な殺意を抱けること請け合いだ。私の父などは、妻への諦めの気持ちを三十年以上にわたって降り積もらせた結果、いまじゃ世の中のすべての事物に対して諦念モードだ。張り合いのないことはなはだしい。仏道の修行に励みたいとか、女性への脂っこい想念を断ち切りたいと願うひとには、うちの母を無償で貸しだす。

母のなにがそんなに、私の殺意をかきたて、父の（精神面での）脂を抜くのか。言葉で説明するのは難しい。言葉とは論理だ。そして母は理不尽だ。理不尽とは論理と無縁のなにものかであり、常人の理解の及ばぬ怒濤《どとう》と蠢《うごめ》きである。始末に負えないのは、理不尽は理不尽であるがゆえに、こっちの都合をまるで慮《おもんぱか》ることなく、勝手に怒濤し不規則に蠢くということだ。

母はまず、私の服を決して褒めない。母は基本的に自分自身以外を褒めるということがない生き物なので、私は母から言動を褒められた記憶もないのだが、服に関しては特に絶対に褒めない。

買ってきた服を私がウキウキと家で試着していると、母はどこからともなく現れ、「あらあら、出《で》っ尻《ちり》が目立つわね」とか、「そんなに胸のあいた服を着て。肌が汚いくせに」などと吐き捨てる。すごく悲しい気分になるからやめてほしいと言っても、やめない。鬼の首を取って煮て食うぐらいの勢いで批判してくる。

しかしまあ、服の趣味はひとそれぞれちがうし、女親としては、「自分以外のだれが、娘に対する正直な批評ができるのだ」という気概があるのかもしれない。そう考えて、私が無理やり自分を納得させた次の瞬間、母は私の新品の靴にぐいぐいと足をねじこんでいる。

「やめてよ、やめてよ！　無駄に大きな足をしてるくせに！　気に入ったんなら、お母さんのサイズの靴もまだ売ってたから、それを買えばいいでしょ！」

「べつに、気に入っちゃいないわよ」

と母は言う。「あんたは間抜けの小足だけど、ばんびろ（「幅が広いこと」の母的表現）で甲高《こうだか》でしょ？　だからお母さんが、ちょっと広げてあげてるんじゃない」

靴の縫い目は裂けなんばかりである。あわてて母から取りあげ、靴箱の奥にしまう。しかし、出かけようと思って靴を履くと、いつのまにか幅が広がっちゃっているのだ。「またた無理に履いてみようとしたでしょ？」と母を問いただしても、「知らない。あんたみたいに疑い深くて性格の悪い人間はいない」と、質問の百倍ぐらいになった人格攻撃を返してしらばくれる。

母はちょっと靴フェチの気《け》があり、安くてキラキラした靴をカラスみたいに集めたがる。母のことをうちでは陰で、「イメルダ夫人」と呼んでいる。しかしこのイメルダ夫人はなんで、すぐばれるのに、私の靴まで履こうとするのか？　ホントはイメルダ夫人じゃなくて、他人の靴幅を広げずにはいられない習性の、大足の妖怪かなにかなのか？

妖怪なら、いずれ退治せねばなるまい。決意を胸にとりあえず外出し、帰ってくると、「あんたの足音はパカパカうるさいわねえ。デリカシーのなさが表れてる！　ご近所に迷惑だから、もっと静かに歩きなさい」と言われる。

あ、あ、あんたのせいで靴がぶかぶかになって、パカパカしちゃうんだろうがー！

私の殺意の歴史は、母の理不尽への抵抗の歴史である。勝ち目はない。

# 謎の石像

十年以上まえ、通学のために毎朝、小田急線に乗っていたころのことだ。終点の新宿駅に近づくと、電車は徐行運転になる。まえの電車がつっかえていて、ホームに入ることができないからだ。まさに立錐《りっすい》の余地もないほど、混雑した車内。中吊り広告を読みつくすと、あとはひたすら、駅に着くのをボーッと待つしかない。

たまに、ドア横の立ち位置をキープできることがある。そういうときは、ドアの窓から外を眺める。線路すれすれに建つ家の庭木。土手状になった線路脇に生える草の緑。

そのなかで、どうにも謎な物体があった。南新宿駅近辺の、新宿駅に向かって左側の線路脇に置かれた石仏（？）だ。高さは四十センチほど。かまくらのような形をしており、ほぼ全体が顔である。達磨《だるま》さんをイメージしていただければよい。しかし顔立ちはといえば、モアイ像みたいなのだ。

素人の手によるものとも思えぬ、なめらかな彫りだが、はたしてこれは仏なのか？　それとも、たとえば南国の魔よけとかなのか？　というか、いったいだれが、なにを目的に、線路脇（明らかに小田急電鉄の敷地内）の草むらに石像を置いたのか？　疑問符をいっぱい飛ばしながら、不思議な石像を眺める。石像も、通りすぎる電車を見ている。

電車が徐行していないと、その石像を見つけるのは難しい。半ば草に埋没しているからだ。また、吊り革につかまって立ち、ふつうに窓から外を眺めていても、発見できない。石像は地面に直接置かれているので、視線の角度から微妙にはずれるためだ。

ドアの窓から、しかも電車がのろのろ運転のときだけ、見ることができる石像。モアイっぽいので、モーちゃんと名づけた。目があった日は、なんとなくいいことがありそうな気がした。しまいには、苛立たしいはずの電車の徐行すら、「モーちゃんに会える」と楽しみになった。

時が経ち、いつのまにかモーちゃんはいなくなったようだ。生まれはやっぱり南国で、冬の寒さに耐えかねて故郷へ帰ることにしたのかもしれない（勝手に立ち歩いていたとしても驚かないほど、雰囲気のある石像なのだ）。あるいは、線路の点検をするひとがモーちゃんを気に入って、自宅の庭に大切に飾っているのかもしれない。などと夢想しながら、ドア横に立つと、いまでも必ずモーちゃんを探してしまう。

通勤通学する人々を、列車の安全な運行を、大きな目で見守っていたモーちゃん。その姿からは、なんらかの祈りのようなものが感じられた。モーちゃんを思い起こすたび、ひと知れず線路脇に石像を置いただれかの善意が、ほのかに胸をあたためる。

文庫追記：未だに、件《くだん》の石像を知っている、というひとと出会ったことがない。私の幻覚だったのか……？　情報求む！

## お坊さんの力

いきなり仏罰が下りそうな話題で申し訳ないのだが、先日、知人女性の話を聞いていて、「世の中には、お坊さんを大好きなひとがいる」ということをはじめて知った。

知人が語るところによれば、物心ついたころから、法事などで会うお坊さんの姿、袈裟の美しさ、朗々たる読経の声に胸のときめきを覚え、長じてからはお寺巡りが趣味となり、仏教の入門書を読み、築地本願寺で開催された「東京ボーズコレクション」にももちろん行って、「極楽を見るようだ……!」と大感激したそうである。

「お坊さん大好き!」という観点と熱意から僧侶、寺院、仏教を考えたことがなかったので、たいそう驚いた。

「そ、それは……、特に好きな宗派のお坊さんとかがあるんですか?」

と、おずおずと尋ねると、

「宗派は関係ない!」

とのこと。とにかく、お坊さんのストイシズムからはじまって、袈裟《けさ》などの色彩感覚、読経の音楽性、法要の洗練された様式や寺院建築に至るまで、心惹《ひ》かれてならないのだそうだ。

「本当はお坊さんの妻になって、お寺で暮らしたいぐらいだけど、修行の邪魔になってはいけないので、法事の際に物陰からそっとうかがい見るだけにとどめてる」

と、知人は苦悩の表情で吐息するのだった。

へ、へぇ……。制服を着用した看護師や警察官は、私服のときよりも恰好よさが倍増して見える、ということはたしかにある。たぶん制服を着ることによって、職業に対する高いプロ意識とストイックな姿勢が際立つからだろう。

信仰に生きる僧侶の袈裟を、職業着である「制服」と同じととらえるのは誤りかもしれない。だが、「信仰に生きる」という決意表明である僧侶の出で立ち（剃髪《ていはつ》、袈裟など）が、「制服」と同じようなプロ意識とストイシズムを醸しだしているのはまちがいなかろう。きっと知人も、その部分に魅力を感じているのだと思う。

私自身は、堅苦しい形式があまり好きではない。十代のころは特にその傾向が強く、盛大な葬式を執り行うなんて当事者（もしくは、そのまわりの人々）の見栄であり、死を直視したくないがための思考停止ではないかと思っていた。もちろん、信仰を表現するために練りあげられた法要などの様式は、たしかにとても美しいものだと感じたが、宗教的な形式と「なにかを信じる」個人的な心の動きとは、どうにも結びつかないなというのが正直なところだった。

しかし、二十歳ぐらいのときに祖父が死んで、私の認識は少し変化した。祖父は山奥の村に住んでいたので、「葬式をしない」などという今風の選択肢は、遺された家族にも当然ない。昔から檀家となっていたお寺のお坊さんが来てくださって、祖父の家で小さな葬式が営まれた。

身近なひとが死ぬのははじめてだったし、なにより私は気の合う祖父がとても好きだったので、こらえようと思ってもビービー泣いてしまった。だが、泣いてばかりもいられないのが、山奥の村の葬式のおそるべきところだ。なにしろ、仕出しの弁当屋さんもなく、葬儀会社も過疎化で人手不足だ。家族、親戚、近所のひとたちが一致団結して、祭壇を飾ったり棺の用意をしたり料理を作ったりと、休む間もなくてんてこ舞いだった。

「飾りもんの向きがちがう！」と村の長老格が作業を監督し、「あいつは若いころ、酔っぱらって軽トラごと沢に転落したもんやった」などと祖父の幼なじみがしんみり語りあう。淡々と体を動かしつつ、飄々《ひょうひょう》と思い出話をする彼らを見るうちに、ビービー泣きながら煮物を作ったり茶をいれたりしていた私も、なんだかだんだん、悲しみに暮れている場合じゃなくなってきた。

そして、葬式の慌ただしさが飽和点に達した瞬間、お坊さんの読経がはじまった。かなりご高齢のお坊さんの、ムニャムニャしてかすれがちだが哀感漂う読経の声を聞いたとき、私は「ああ、そうか」とすとんと納得した。

遺されたものが悲しみにばかり沈まぬように、「葬式を出す」という形式はあるんだ。死者の記憶を共有するひとたちが、一緒に忙しく動くことで、「死」を体にも心にも納得させるためにあるんだ、と。

その思いは、初七日とか四十九日とか一回忌といった、節目の形式を経験するごとに深まった。時間が経つにつれ、悲しみはゆっくりと薄らいでいく。だが、祖父が完全に消えてしまったのではないこと、交わした言葉や楽しい思い出はずっとずっと私のなかにあるのだということに、節目があるからこそ明確に気づけたのだった。

「悪いことをしたら地獄に堕《お》ちる」というようなレベルではない、専門的かつ深い仏教理論の研究・理解・体得も、当然必要だろう。「悪人には悪い報いがある」的な論理には到底納得がいかないほどの理不尽に満ちているいまだからこそ、ひとの心を真の意味で救う、強度を持った信仰・宗教とはいかなるものなのか、だれもが考えるべき局面に差しかかっている。

だが日常生活において、信仰や宗教について血のにじむ思いで考えをめぐらせているひとは、やはり少数派だろう。形而上的事柄に思いを馳せるよりも、まずは毎日の暮らしをどう成り立たせるかを考えねばならない。けれど、「毎日の暮らし」のさきに、必ず死がある。あると知っていたはずなのに、いざ自分や自分の親しいひとが死に直面すると動揺する。

そのときに、お坊さんの存在ってとても大きいなと感じたのだ。

祖父のためにお経をあげてくださったお坊さんは、大変失礼ながら、仏教理論研究の最新の成果に詳しいようには見受けられなかった。読経のあとの講話（？）も、「天寿をまっとうされたのですから、まあみなさん、あまり悲しまずに合掌しようではありませんか」ってニュアンスの、可もなく不可もなくな内容だった。

でもそこに、いわく言いがたいぬくもりと説得力が感じられて、祖父の葬式に参列したものはみんな、「お坊さんのおっしゃるとおりかもしれん」と、なんとなく納得したのだ。

これは、その村のお寺に何十年も暮らし、村に住むひとたちの生と死に接してきたお坊さんだからこその説得力だと思う。お坊さんは祖父とも長年の顔見知りだったから、祖父の家族に挨拶するときも、みんなで煮物をつついているときも、しょんぼりしていた。「ああ、祖父の死を、お坊さんも心から悼《いた》んでくれている」とわかる態度だった。

だが、読経のときはちがった。それまではヨボヨボしていたお坊さんの背筋がのび、(入れ歯なので)モゴモゴしてはいたが、毅然《きぜん》とした態度で一心にお経を読んでくれた。その背中は居合わせたものに、「思う存分悲しんでいいが、悲しみつづけなくてもいいのだ」と告げるかのようだった。「仏さまが必ず救ってくださる」と、お坊さんは確信しているようだった。

その確信が合っているのかどうか、正直なところ、私には未だわからない。しかしお坊さんからは、これまで何百回となく村人の死に接した威厳、何千回となくお寺でお経を読む日々を送ってきた威厳が感じられた。その威厳によって、祖父を亡くした私の悲しみは、たしかに少し和《やわ》らいだのである。

お坊さんの袈裟はやや古ぼけていたが、そのときの私には輝いて見えた。プロフェッショナルかつストイック。冒頭のほうで、袈裟を「制服」と書いたのも、悪い意味ではないとおわかりいただけるだろう。

知人の女性が、「お坊さんが好きでたまらない」と言ったとき、驚きはしたけれど、祖父の葬式に来てくださったお坊さんの姿を思い浮かべて、「なるほどな」と腑に落ちるものがあった。

いまの私は、葬式を頭から否定はしない。見栄などの理由で形式にとらわれすぎるのは馬鹿げているが、形式がひとの悲しみや苦悩を緩和することもある、と知ったからだ。長年つづけられてきた形式には、己れの感情と正しく向きあうために有効な、先人たちの知恵と思いがこめられている。

そして言うまでもなく、形式を単なる形式で終わらせず、血と実感の通った儀式に変じさせるのが、お坊さんの力であり信仰の力だ。その瞬間を体感することができてよかったと、祖父と祖父のためにお経を読んでくださったお坊さんに感謝している。

# スパイごっこ

子どものころ、本のページをめくるのが好きだった。内容をちゃんと読んでいたのではない。本によってちがう手触り、紙のこすれる音、日に灼《や》けて黄ばんだ色合い、埃っぽい香り、ページが巻き起こすかすかな空気の揺らぎが、好きだったのだ。つまり、ちょっと紙フェチなのだ。

絵や文字を紙に書いたり印刷したりすることによって、遠い場所にいるひとの思いや、異世界の情景が、私たちの手もとに届く。「こんなに薄くて軽いのに、紙ってのは、すごいやっちゃなあ」と思う。でも、もっとすごいのは、折ったり丸めたりひねったりできることだろう。

私が子どものころに没頭したのは、ページめくりだけではない。「こより作り」にも夢中だった。ティッシュペーパーやトイレットペーパーや半紙を細長く切り、できるだけ強靱で一定の太さの、うつくしいこよりを作るのに腐心した。

作ってどうするのかというと、べつにどうもしない。「できたぁ！　きれいだ」と満足するのみだ。子どものころの私は、いまよりも輪をかけて暇だったようである。たまに、こよりの先を鼻の穴に入れ、強制的にくしゃみを引き起こしては、一人で笑っていた。すごくすごく暇だったようである。

そうだ、両開きの戸棚の取っ手をこよりで結び、スパイごっこもしていた（一人で）。「スパイは玄関口や機密書類の入った戸棚にこよりを結び、それがちぎれていないかどうかを見て、侵入者の有無を判断する」というのを、なにかの本で読んだのだ。私は、宝物のおはじきやビー玉や拾ってきた石などを戸棚にしまっていたのだが、こよりを結びつけておけば、勝手に開けられたときにすぐわかる。勝手に開けられたとしても、犯人は空き巣以外では両親しかいなかったのだが……。

いつ、こよりがちぎれているだろうと思って、ドキドキしながら取っ手を観察した。ビー玉を眺めたいときは、唾でこよりを湿らせ、自分でちぎって戸棚を開けた。もちろん、ビー玉を眺め終わったら、すぐに新しいこよりを作って結びつけておく。

しかし、結んだこよりは微動だにしないままだった。なぜ、スパイ（私）の戸棚を狙うやつが現れぬのか！　私は侵入者を待ち望んでいた。たまに母が、「これ、ほどいていい？」と聞いてきた。「うん」と答え、戸棚からものを取りだす母を横目に、こより作製に励んだ。

そのうちスパイごっこに飽き、戸棚の開閉に支障をきたしもするので、取っ手にこよりを結びつけるのはやめてしまった。だが、いまでも細長い紙があると、無意識のうちにこよりを作ってしまう。喫茶店では必ず、ストローの袋をこよりにし、複雑怪奇な形に結んでいる。

手のなかでやわらかく形を変えていく紙の感触が、とても好きだ。

# ブチャイクよ永遠に

猫を飼ったことがない。友人の飼い猫をニボシと引き替えに無理やり撫でさせてもらったり、門柱のうえで昼寝中の野良猫をそっと突ついては「シャーッ」と言われたり、腰の引けたつきあいしか築けない。

すごく好きな相手なのに、洗練とは程遠い愛情表現しかできないとは、中学生男子みたいだ。「ふんっ、おまえとかかずらっている暇はないわい」と言わんばかりに立ち去っていく猫を見るたび、「また友好条約の締結には至れなかった……」と切なくなる。でも、猫のつれなさ、媚《こ》びない気高さが、またいいのだ。

私がはじめて間近に見た猫は、父が学生時代にお世話になった下宿屋さんで飼われていた。

父は社会人になってからも、年末か年始には下宿屋さんに挨拶に行った。私も父に連れられて、何度か一緒に下宿屋さんに行った。

そこにはお婆さんと、お婆さんと同じぐらい年を取った猫がいた。三毛猫だった気がするが、定かではない。模様なんて記憶からブッ飛ぶぐらい、太っていた（ちなみに、お婆さんはやせていた）。畳に腹がこすれるほどで、足がほとんど見えないのだ。

とても賢い猫で、私たちの訪れを知ると、のっしのっしとやってきて「ナァ」と挨拶する。あとはおとなしく、お婆さんと一緒に炬燵《こたつ》に当たっている。大人たちの会話に飽き、私がもぞもぞしはじめるや否や、その猫は必ずにじり寄ってきて、あやすように私の脚を短い尻尾で軽く叩いてくれる。どうして私の気持ちがわかるんだろうと、本当に不思議だった。それでいて、気軽に撫でさせてはくれないのだ。あまりに神々しく、なおかつ太っていたので、「この炬燵があったかいのは、もしかして猫が神秘の力で発熱しているからではないか」と思い、炬燵布団を上げて猫の様子を何回も確認したほどだ。

猫とお婆さんは、ほぼ同時期に亡くなったそうだ。

それ以来、太った猫（しかも、あまり顔がかわいくない）につい目が行く。

実家の庭に出没する野良猫に、ブチャイクというのがいる。不細工な茶色い猫なので、ブチャイクと勝手に命名した。こいつが体格も素行も大変ふてぶてしい。

庭に並んだ植木鉢を、すべて蹴《け》倒して歩く。「王の行く道を邪魔するものは、すべて排除する」と堅く決心しているらしい。アロエが折れ、パンジーの花がつぶれた。私はもちろん、「ブチャイクー！」と怒声を上げて庭にまろび出るのだが、ブチャイクはちょっと振り返ってみせるだけで、悠然と歩み去っていく。あんたなんで、「俺に惚れるな、火傷《やけど》するぜ」って態度なんだよ。地団駄《じだんだ》を踏みつつ、鉢をもとに戻す。悔しいけれど、王様ぶりを見せつけるブチャイクに、なんだかキュンとしてしまうのも事実だ。

ブチャイクにはもうひとつ悪癖があって、玄関先で絶対に排便する。「王たるもの、どこでも脱糞できる度量がなければならぬ」と堅く決心しているらしい。私も物陰からタイミングを見計らい、ブチャイクが排便しそうになると怒声を上げるのだが、やつは動じない。「細かいことでいちいち怒るな」と落ち着いた態度で家屋の角を曲がり、曲がったところで抜かりなく用を足していく。空き地や茂みを自由にのし歩いているくせに、わざわざ人家の玄関先を便所と定めるところが、さすが王様猫ブチャイクだ。

このごろブチャイクを見かけない。もしや死んでしまったのかと気を揉んでいたところ、先日、庭にブチャイクそっくりの面構《つらがま》えの猫（色は白い）が現れた。やっぱり植木鉢を蹴倒している。絶対にジュニアにちがいない。お盛んなり、ブチャイク！

後継者を続々と引き連れ、またブチャイクが庭にやってくる日を、喉を鍛えて待っている。

文庫追記：その後、引っ越ししたのだが、いま住んでいる家の敷地内にもブチャイクそっくりの猫が出現し、あろうことか私の部屋の窓の真ん前で脱糞していく。まえに住んでいた場所とはかなり距離があるので、初代ブチャイクの血縁者だとは考えにくいが……。ブチャイクなら、繁殖のために遠征しかねん気もする。おそるべし、ブチャイクの血族！

# 町田も東京だったんだ

二十年ほど、町田市に住んでいる。

いちおう東京都のはずだが、都心部へ出るのに電車で四十分はかかるので、あまり東京に住んでいる感じはしない。福山雅治の『東京にもあったんだ』という歌を耳にするたび、「その『東京』には、町田市も含まれているのでしょうか。だとしたら恐縮っす」と、なんだかモジつく。

町田市はわりといつも、神奈川県の属国として多くのひとに認識されている。神奈川県民には、「町田？　垢《あか》抜《ぬ》けない町だよね。あたしらの属国にするまでもないんじゃん？（←横浜弁）」と思われている節がある。

かくのごとき肩身の狭さを味わいつつ暮らす町田市民だが、住んでみるとなかなかいいところだ。駅前には活気があるし、駅からちょっと離れれば緑がいっぱいだ。古い農家もあれば、住宅地の真ん中に酪農家が残っていたりもする。

概《おおむ》ねのどかな町田市も、しかし二十年ほどのあいだに様変わりしてはいる。駅周辺に新しい商業施設と巨大マンションがどんどんでき、個人商店と銭湯は姿を消しつつある。家の給湯器が壊れたときには、「これだけ人口がいるのに、駅の近くに銭湯がないとは、なんて情けない町だ！」と歯ぎしりした。

この変化のスピードは、たしかに東京ならではかもしれないなと思う。生まれた場所を離れた人々が、寄り集まって形成したのが東京だ。町田市も例に漏れない。私も含め、市民の大半は町田生まれではないだろう。

故郷ではない土地で生きようとするひとは、自分で選んだ町を、なんとか住みよく愛着の抱ける場所にしようと奮闘する。自分たちの力で居場所を一から築きあげようとするエネルギーが、東京（町田市もいちおう含む）を変化のスピードの速い都市にしているのだ。

そう考えたとき、町田駅周辺の変貌も愛おしく感じられるようになった。居場所を求めるあまりエネルギーが暴走し、町の変化が妙ちくりんな方向へ導かれてしまうこともある。銭湯がなくなって不便になったり、おいしい小料理屋さんが消えてチェーンの居酒屋ばかりになっちゃったりもする。

でも、生まれた場所のちがう私たちは、いま偶然、同じ町に住んでいるのだ。手探りで少しずつ町を形づくり、そこで出会ったひととのつながりを通して、「ここは故郷ではないけど、きらいじゃない」と、町に愛着を抱きつつあるのだ。それってけっこう、すごいことだと思う。いっそのこと、変化のスピードを楽しんでみるのもありかもなと思う。

東京はさまざまな顔を持っている。異なる故郷を持つ多種多様なひとが住んでいる。そしてだれもが、ここで自分の居場所を築こうとあがいている。

変化と「居場所の希求」とスピード感。生そのものを象徴するかのようだから、私は東京が好きだ。

文庫追記：これを書いている時点で、「二〇二〇年の東京オリンピック開催に向け、サマータイムを導入する」という案が出ているのだが、正気か。締め切りが二時間前倒しされるってことで、死活問題だ。好きなときに寝て好きなときに起きる、不規則な生活を送る私ですら、「げっ」と思うのだから、規則正しい生活をしているひとにとって、体内時計を無理やり前倒しするのは非常につらいことだろう。

だいたい、なんで東京でオリンピックが開かれることになったのかがわからん。オリンピックを推奨する都知事候補には、断じて票を入れないようにしてきたのに……！ おいらの声は、常に都政に届かねえ。ぐすんぐすん。まあ、オリンピックの開催期間なんて、たぶん二週間ぐらいだろうから、いつもどおり家に籠もっているうちに終わるか……。って、たった二週間のために、日本に居住するひと全員が二時間前倒し生活を余儀なくされるのは、やっぱり変じゃないか⁉ 本当にサマータイムが実施されたら、私はふて寝して「一人ストライキ」で対抗する。だれも起こしに来ないから、ストライキを決行していることに気づいてもらえなさそうなところが、この計画の唯一の欠点だ。

# 街の元気玉

新宿のビル街を歩いていて、道に迷わずにすんだためしがない。どの高層ビルも、かなり特徴的なデザインだと思うのだが、やっぱり駄目だ。

ビル内の飲食店街で腹を満たし、エレベーターで地上に降りて、「さて」と通りを歩きはじめる。これが絶対に、駅とは反対方向に進んでるのである。なぜだ！

それなら、と今度は裏をかいて、「こっちが駅だ」と思ったのと反対の方向へ歩いてみると、案の定、駅とは反対の方向なのである。なぜなんだ！

たぶん、空を覆うように建つビル群が体内の磁場を狂わせ、ビル風が正しい方向を示す「におい」を吹き散らしてしまうからだ。まあ、方向音痴なものの単なる言い訳なのですが。

しかし、「駅はどっちだ」と半泣きになりながらビル街をさまよい歩いていると、たまにいいこともある。

閑散とした深夜のビル街だ。ふと空を見上げると、まんまるな月が上っている。しかも、ビルとビルの屋上のちょうどあいだに。

「おお！」と思わず小さく叫んでしまう。さしのべられた二本の腕の狭間《はざま》に、輝くエネルギー体が出現したように見えるのだ。鳥山明の漫画『ドラゴンボール』で、主人公の孫悟空が「元気玉」を両手のあいだに溜める。「地球のみんな」から少しずつ集めたエネルギーなのだが、ビルのあいだに浮かぶ月は、まさにそんな感じだ。

白々とした月の光に照らされ、機能的なデザインのビルは生き生きとして見える。自然を借景にするだけの力を秘めた、美しい建造物だ。人間はたまに、奇跡のような景色を意図せず作りあげるなあと、駅を見失ったことも忘れて感嘆する。

## つながる線

最近、街から消えたものといえば、電柱と電線ではあるまいか。

私が子どものころは、道のあちこちに電柱があり、「ちょっと太いのぼり棒」の要領で、わざわざ靴と靴下を脱いでみんなでかじりつくようにのぼっていた（真似してはいけません）。地面に落ちる電線の影をたどって、学校から家まで帰ってみたりもした。

それを思い出したのは、先日奈良に行って、ひさしぶりに林立する電柱と絡みあう電線を見たからだ。奈良の中心部からそう離れていない、ちょっと奥まった住宅街だった。

この電柱からは、あっちの三軒に電気が送られているのだな、というふうに、一目でわかる。「なんだか懐かしいですね」と、一緒に行ったひとたちとしばし中空の線を目でたどった。

電柱も電線も、景観を汚すということで、やがてどの街からも取り払われていく宿命なのだろう。地中に埋めたほうが、もしかしたら維持するのに都合がいいのかもしれない。

しかし改めて電線を眺めてみると、みんなで電気をわけあう感じ、みんながなにかすごくたしかなもので結ばれている感じがして、好ましいのである。豊かな緑とともに、電線のつながりも残した奈良の街は、住みやすそうな穏やかさを宿していた。

電柱や電線がすでに失われた街に住むものは、いま想像力を求められている。それでも電気は流れ、そこに住む人々をつないでいるのだ、と。

血管のように絡みあい地中を走る無数のケーブルを、じっと思い浮かべてみる。それは鬱陶しくも安心できる、街の生命活動そのものの形をした光景だ。

# 夜の多摩川

多摩川にかかる橋を夜に車で渡るとき、なぜか必ず、すでにこの世にはいないひとたちのことを考える。

すごく身近で親しかったひと、というわけではない。もう何年も会っておらず、ある日突然、「そういえば、○○さんはこのあいだ亡くなったんだよ」と共通の知人から伝えられて驚く。そのぐらいの距離にあったひとたちの顔が思い浮かぶ。

亡くなったと聞いても、そのひととも二度と会えないという実感がなかなか湧かない。無沙汰がずっとつづいているだけのような気がする。

多摩川は、東京という巨大な街の周縁部を流れる川だ。車の窓からは、街で暮らし、街で働く人々の住む家が密集しているのが見える。家々の窓の明かりと、色とりどりのネオンを映しながらも、川面はあくまで黒い。さえぎるものもなくひらけた空は、夜でもうっすらと白く霞《かす》んでいる。

この空の下に、明かりの数だけ人々の生活がある。そのほとんど全員と、お互いに知りあう機会も会話することもないままに、私は一生を終えるだろう。

それは極言すれば、彼らにとって私は死人と同然であり、私にとって彼らは死人と同然だということだ。しかし死人と同然にもかかわらず、全員がたしかに生きている。無数の人々が、無数の人々の生と死を知らぬまま、日々を生きる。そういう滑稽で懸命な愛おしい生命の営みを、橋から見える郊外の明かりは象徴する。たとえば真っ暗な森のなかに立っても、私はこんな懐かしさとさびしさを感じないだろう。まじわることなく点在する光。そのさびしくあたたかい輝き。

多摩川は不思議な引力を宿し、郊外の街を今夜も流れる。

# 郊外の飲み

東京郊外の町に、二十年ほど住んでいる。

二十年のあいだに駅前の再開発が進んだ。大きなビルと広い道ができ、町の中心部はいつもひとでにぎわっている。この「いつも」というのが、ホントに「いつも」なのだ。たとえば丸の内や新宿などといった都会中の都会は、平日の昼間はわりとすいている。勤め人はビルのなかで仕事に励んでいるから、表をふらふら歩いたり、店で買い物をしたりするひとは、それほど多くない。

ところが私の住む町は、郊外のベッドタウンだ。それゆえか、主婦や老人や若者たちで、平日の昼間っから町は大にぎわいなのである。夜は夜で、勤めから帰ってきた人々、勤めてないけど夜も遊ぶという人々で、飲み屋が大にぎわいだ。

堅実に生活しているひとと、あまり堅実じゃなさそうなひととが、互いの存在を容認しあって、なんとも雑駁《ざっぱく》な町を形成している。エネルギーがとぐろを巻いた雰囲気が好きで、なかなかこの町から離れられない。

再開発は町の生活を便利にもしたが、一人でふらっと入れる小さな飲み屋が消えるという弊害もあった。このごろ友人たちと私は、「おらが町のいい飲み屋」情報の交換に余念がない。
友人に教えてもらった店で一人で飲み、いい塩梅《あんばい》に酔っぱらって帰宅する。そしてメールをチェックすると、友人は私の教えた店で一人で飲んでいたことが判明する。なんだ、どっちかの店に集合して、一緒に飲めばよかった。ちょっとがっかりしつつも、狭い町で同じ時間に、互いのおすすめの店で一人飲んでいたんだなと、愉快な気分にもなる。気心の知れた友人のいる、馴染んだ町だからこその楽しみだ。

文庫追記：引っ越しをしたので、いまはべつの町に住んでいるのだが、やや退屈だ。駅から遠いこともあって、拙宅付近にある店は野菜の無人販売所ぐらいだからだ。それって店か……？　めずらしく雪が積もった日など大変で、遭難しそうになりながら、四十分ほど必死に歩を進めて駅までたどりついた（ふだんは徒歩二十五分）。そのときは「絶対にもっと便利な場所に引っ越す」と決意したのだが、生来のズボラが影響して未だ果たせていない。
最近では、「野菜の無人販売所もありがたいものだな」と、新鮮なナスやらインゲンやらをむしゃむしゃ食べている。退屈だ、などと言ってはみたが、そういえばほとんど家にいるので、どこに住もうとあまり大差ないのであった。

# 男のかわいげ

学生時代、クラスメイトのNくんが突然、みんなのまえでピアノを弾きだした（ピアノのある公民館的貸しスペースで、飲み会をしていたのだ。いかなる場所であろうと、もぐりこんで飲み会をする根性）。

大変驚いた。すでに酔いがまわっていたにもかかわらず、Nくんがとてもいい音色で上手にピアノを奏《かな》でたからだ。なにより、ふだんのNくんはピアノなどとまったく無縁そうな、天真爛漫《てんしんらんまん》な（言い換えると、あんまり繊細じゃない感じの）キャラクターだったからだ。

「すごいねえ、Nくん」

と私は感激して言った。「小さいころから習ってたの？」

「ううん」

とNくんは照れくさそうに言った。「高校のとき、俺、すごく好きな女の子がいたんだよ。その子がピアノを習っててさ。少しでも彼女に近づきたいなあと思って、大学に入ってからレッスンに通うようになった」

驚きが深まった。ピアノというのは、数年のレッスンでこんなに上達するものなのか。

好きな子のためにピアノを習うなんていう、Nくんの純情にもびっくりした。

「それで……、その子とはどうなったの？」

「どうもならないよ。高校を卒業して、それっきり」

Nくんはいっそう照れくさそうに、しかし優しく笑ったのだった。私は胸がキュンキュンした。

たぶんNくんは、「彼女に近づきたい」という当初の野望そっちのけで、ピアノの魅力にはまったのだろう。それで夢中になって、レッスンに励んだ。「モテたい」が取っかかりだったのに、音楽にのめりこんでプロデビューしちゃった数多《あまた》のバンドマンと似たようなものだ。「男の子だなあ」と思った。

Nくんがピアノを奏でるとき、Nくんは純粋に音楽の世界にたゆたっているのだろう。ほとんどの瞬間、Nくんは好きだった女の子のことを忘れて鍵盤《けんばん》を叩く。でも、ふとした一瞬、彼の心にはその子の顔がよぎるはずだ。恋と、音楽の楽しさを教えてくれた、大切な思い出として。

私は男性の、そういうロマンティックな部分を愛する。結局は自分のしたいこと（この場合はピアノ）に夢中になって、恋なんか二の次三の次になっちゃうんだけど、でもいつまでも、「夢中になれることをだれが教えてくれたか」は、ちゃんと覚えている。

恋に夢中になる男よりも、恋をきっかけに自分の世界を発見し飛翔する男のほうが、魅力的に感じられる。そこには自由のにおいがあるからだ。当初の目的（恋）を忘れちゃうってのは、「餌を食べたかったのに、引き綱をちらつかされてうっかり散歩に出ちゃった犬」みたいなバカさ加減だ。しかしそのバカさゆえに、男とは愛おしくかわいい生き物だなあと、たまに思う。

# 古びた表札

寝室のドア横に、幼児の背丈ぐらいはある大きな表札を立てかけている。屋内に表札ってのは変だが、まあいいのだ。

表札は木製で、大変古びて茶色くなっている。そこにはかすれた墨文字で、「寛政大学陸上競技部錬成所　竹青荘」と大書してある。この表札は、実は映画の小道具だったものだ。

箱根駅伝を題材にした『風が強く吹いている』という小説を書いたところ、ありがたくも映画にしていただけることになった。作中では、箱根に挑む大学生たちが、のんびりだらだら共同生活を送っている。彼らが住んでいるのが、おんぼろアパート「竹青荘」だ。陸上部の錬成所だとは知らずに「竹青荘」で暮らしていたため、否応なしに長距離選手としてトレーニングを積まなきゃならないはめになる、というストーリー。こう書くと、ほんとバカみたいな原作で恐縮です。

映画化の際には、とても趣《おもむき》のある某社員寮が、「竹青荘」の外観ロケ地として選ばれた。その玄関にかけられていたのが、いま私の手もとにある表札である。「記念に」と譲っていただいた、美術さん入魂の逸品だ。

「古びて茶色くなっている」と書いたが、年月を経た表札に見えるように、本当は新しい板をわざと汚したものらしい。読めるか読めないかという絶妙な塩梅で墨文字をかすれさせるのが、いかに技巧とセンスを要求される作業だったかということを、美術さんから力説された。彼はいかにも頑固一徹な職人気質、という感じのひとで、私は、「よく見たら表札に『錬成所』と記してあって、住人みんなびっくり」なんてトンデモ設定にしてしまったことを詫《わ》びた。

文章で表現するのは簡単だが、たしかに、「毎日玄関を出入りしてるのに、表札に書いてある文字に気づかない」なんてこと、現実ではまずありえない。映像表現におけるリアリティーを確保するために、表札ひとつ作るにも奮闘してくださった美術さんに、感謝と畏敬の念を抱いた次第だ。

そういうわけで、いただいた表札を室内に大切に飾っている。表札を目にするたびに、「最初は文字のつらなりにすぎなかったものが、こうして立体物として具現化されるとは」と、うれしく不思議な気持ちになる。

問題は、泊まりにきた友人が、「あんたいま、『竹青荘』って表札のある部屋から起きだしてきたけど、朝のジョギングはしなくていいの?」とからかうことだ（「竹青荘」の住人は、作中で毎朝ジョギングをするのである）。私は、「たとえ電車に乗り遅れそうでも走りたくない派」なので、「エア・ジョッグ（「脳内で済ませるジョギング」の意）したからいいの」と答えている。とんだ看板倒れならぬ、表札倒れだ。

## イメージと実態

この章で町田市について触れたが、福山雅治の『東京にもあったんだ』には、ほかにも思うところがある。

この歌、ビミョーに東京に対して失礼じゃないか？

いや、もちろん福山氏批判をしたいわけではない。私の母は福山氏が大好きらしく、テレビ画面に彼が登場するたび、とろけている。彼を批判なぞしようものなら、母によって三連続まわし蹴りの末に踵落《かかと》としで床に沈められることまちがいなしで、命の危険にさらされる。

私は福山氏を、絶妙のバランス感覚と気配りのひとではないかと、勝手に推測している。命を守るために言ってるのではない。彼はこの歌においても、「きれいな月や夜空が東京にもあったんだ」（要約）、と歌っているだけであり（「そりゃ、あるに決まってんだろ」という思いがこみあげなくもないが）、東京批判の歌では決してなく、むしろ東京賛歌の側面があると、ちゃんとわかっているつもりだ。

しかしそれでも、「東京にも」って言いかた、失礼じゃないか？　という思いが拭えない。「東京」の部分に、ためしにほかの地名を入れてみよう。「愛知にもあったんだ」「青森にもあったんだ」「秋田にもあったんだ」（五十音順）。いかがだろう。「なにをおっしゃりたいんで……？」という気持ちにならないか？　私はなる。「私が住んでるところには、たりないもんがあると思われがちでござんすよね、ええ、ええ」という気持ちにならないか？　私はなる。

東京は日本の首都ヅラしてブイブイ言わせてるんだから、ケツの穴の小せえことほざくな、というご意見もあろう。私が若干の引っかかりを覚えるのは、まさにそこです。この歌って、「地名が東京じゃないと成り立たない＝東京に対してなら、多少はケチつけても差し支えない」という意識に支えられているんじゃないだろうか。

でも、それでいくと、東京で生まれ育った人々の気持ちはどうなるんだ。

歌詞を読むと、東京ってのはどんだけ勝ち負けにとらわれた、生き馬の目を抜くデンジャラスシティなんだ、と驚く。そんな東京、悪いけど私は見たことない。うちのご近所のじいちゃんばあちゃん、庭でミョウガを育ててるよ。「うどんに入れるとうまい」って、採れたてのミョウガをわけてくれるよ。

つまり、東京以外で生まれ育ったひとが、自分の故郷を大切に思うのと同じように、東京で生まれ育ったひとも、東京を故郷や生活の場として大切に思っているのだ、ということに対する想像力に、この歌はやや欠けている気がしてならない。

いえ、ほんとに福山氏批判ではないです（殺気を帯びる母に弁明）。悪いのは「東京のイメージ」であり、もっと言えば、凡庸な「イメージ」に安易に乗っかった歌を歌う……、すまん、やっぱりちょっと福山氏批判だな、これ。

だけど、福山氏の気持ちもなんとなくわかる。東京は創作物のなかに登場する率が高いわりに、いや、それゆえにこそか、実態に即した表現というのが、あまりないのだ。実態に近い「東京のイメージ」が、ほとんど提出されていない、とも言い換えられよう。

東京が大都市で、同じ都内でも地域や町によって細かくムードがちがうことも、実態がなかなか伝わらない一因かもしれない（もちろんそれを言ったら、ほかの県だって実態はちゃんと伝わっていないと思うが、東京はメディアで取りあげられる率が高いぶんだけ、一面的なイメージが流布《るふ》する度合いも高くなる、ということだろう）。特に、「東京における生活の場」として取りあげられる頻度が高いのは下町で、もっと広大な面積を擁する東京西部の住宅街は、ほとんど無視されている。「東京西部の住宅街」と一口に言っても、町ごとに色合いがちがうのはむろんのことだ。

ちなみに私は、東京西部と南部の町はわりと身近なので、なんとなく色合いを把握している気がするが、東京東部と北部の町は、ほとんど土地鑑がない。東京に三十年以上住んでいても、このざまなのだ。ついつい、おおざっぱな「東京のイメージ」に乗っかってしまいたくなるのも、むべなるかなであると思う。

なにかを表現するときに、ステレオタイプに陥ってしまうのは、避けるべきこととされる。だが、それって本当だろうか。ある程度はステレオタイプに乗っからないと、自分の伝えたいことが、多くのひとの心のなかでちゃんと像を結ばない、という事態も発生してくるはずだ。

たとえば福山氏が、『東京にもあったんだ』で、「東京ってのは決して生き馬の目を抜くような場所じゃなくて、昨日は隣家のおじいさんにミョウガをもらい、うどんに入れて食ったらうまかったよ」などと歌いあげたとしたら。正直言って、聞き手は混乱する。この歌の一番肝心な部分（要約すれば、「故郷から離れ、東京でがんばって暮らしつつ、いつもきみを思ってるよ」ということになろうか）が、ミョウガ云々という実態を入れてしまっては、まったく伝わらないからだ。

東京の実態に関しては、てんでんばらばらな各人の思いがあるだろうけれど、それはひとまず置いておいて、大多数に伝わりやすいステレオタイプな「東京のイメージ」を採用する。そうすれば、核心部分（自分のがんばりときみへの思い）が、より伝わりやすくなるから。という戦略を、福山氏はあえて取ったのではないか、と考えられるのである。

細かい実態よりも、最大公約数に伝わりやすいイメージのほうを選択するのは、創作物を成り立たせる手法として、大いにありだろう。さらには、「東京にもあった」ものを、「人情」や「優しさ」と言ったら角も立つだろうが（「東京にはないと思っておられたんで？」的な角だ）、「月」や「夜空」といった、「そりゃ、どこにでもあるわな」的無難な落としどころにし、東京批判のようでいて東京賛歌のようでいて東京批判のようでいて東京賛歌の（以下エンドレス）という絶妙なポジショニングを保持するあたり、さすがバランス感覚と気配りのひとだ。

……皮肉っぽい物言いをしてしまった。やっぱりどうしても、「和歌山県民のまえで、『和歌山にもあったんだ』って歌えんのか、ごるぁ」という思いを拭い去りきれないためだが（和歌山を例に挙げたのは、都道府県五十音順の一番最後だからです、あしからず）、福山氏を擁護すると、勝手に批判したり擁護したりと忙しいことだが、擁護すると、『東京にもあったんだ』は、映画『東京タワー』の主題歌なのである。そりゃあ、「東京」っていう地名を入れるしかないよなと、同情を禁じ得ない。そう思うと、やっぱり福山氏は、ギリギリのラインでバランス感覚を保ち、依頼と期待に応える楽曲づくりをしていると言えるだろう。

なにかの実態を細かく描写することが、必ずしも、多くのひとに伝わる表現であることとイコールではない、というのが、創作の難しいところだよなあと、母がうっとり聞いてる福山氏の『東京にもあったんだ』を耳にするたび、つくづく実感されるのだった。『東京にもあったんだ』は、細かい描写を選択せず、思いきってイメージに依拠したことで、多くのひとに伝わった成功例だ。

# おわりに

おつかれさまでした、以上で本書はおしまいです。いかがでしたでしょうか。お友だち以上になっていただけそうですか？

「なれるわけないだろ、ごるぁ！」という怒声が聞こえてくるようだ。精一杯よそゆきの姿勢を装ってみたつもりなのだが、ほうぼうで本性が表れてしまってるもんなあ……。今回読み返して、自分のあまりのダメぶりに、「お友だちですら御免です」と思った。

にもかかわらず、おつきあいくださる友人知人のみなさま、どうもありがとうございます。いつもながら勝手に登場させてしまって、すみません。

装画はスカイエマさんにお引き受けいただきました。ずっと描いていただきたいと思っていたので、とてもうれしいです。どうもありがとうございます！　追って書評集も刊行される予定なのですが、そちらの装画もスカイエマさんにお願いしております（ぬかりないだな、俺）。読者のみなさま、どうぞ（装画を）お楽しみに。

各掲載誌紙の担当者のみなさまにも、御礼申しあげます。楽しいお題を頂戴して、どのエッセイものりのりで書くことができました。え、そのわりには原稿がものすごく遅かったって……？　それはまあ、精神はのりのりであっても、肉体はのろのろ、じゃないじゃない、いろいろ忙しかったのだろう。漫画も読まなきゃいけないし。いやいや、もごもご。本当にすみません！（↑言い訳を諦め、潔く謝ることにしたらしい）

大和書房の長谷部智恵さんには、大変お世話になりました。どうもありがとうございます。本書のタイトル、章タイトル、エッセイの並び順は、長谷部さんが考えてくださいました。ほかにも、たくさんお知恵を拝借しました。やはり、智恵さんだから？　あ、またオヤジギャグ。

ところで、二章の「いやな感じに用意周到」を読み返して、「まだ切符を使ってたのか」と思った。調べてみたら、自動改札にタッチすれば通れるカードは、東京の私鉄では二〇〇七年三月から導入されたようだ（JR東日本は、そのまえから導入していた記憶があるが）。わりと最近のことですね。改札に立つ駅員さんに、切符を切ってもらったり定期券を見せたりしていたことが、いまとなっては夢のように感じられる。そして私はもちろん、タッチ式のカードであっても切符と同様、一駅まえから手に持ってしまいます。なんなのかしら、この習慣。

四章の「つながる線」は、「その電気がどうやって生みだされているのか」にまで、想像力を働かせられなかったのが不甲斐ない。何事に対しても、ボーッとしていてはいけない、と自戒をこめて収録した。

世の中は刻々と変化しているけれど、どういう瞬間に幸せだと感じるか、どんなアホ話だと友だちと笑いあえるか、などの基準は、自分のなかであまり変化がない。つまり、それらが私にとって、とても大切なものだということなのだろう。

大切なものを見誤らないように、今後も考え、感じ、想像して、日常のなかのちょっとした楽しさをエッセイにしていければいいなと思っている。

お読みいただき、どうもありがとうございました。

二〇一二年七月

三浦しをん

# 文庫版あとがき

以上をもちまして、文庫となった『お友だちからお願いします』もお別れの時間です。お読みいただき、ありがとうございました。

単行本にひきつづき、文庫の装画もスカイエマさんに描いていただきました。このあと、書評エッセイ集『本屋さんで待ちあわせ』も文庫化される予定なのですが、そちらの装画もスカイエマさんに……、いやいや、みなまで言うまい（言うとるがな）。みなさま、装画をどうぞお楽しみに！

スカイエマさん、お忙しいなか、素晴らしい絵を本当にどうもありがとうございます！

担当編集者の長谷部智恵さんにも、心より御礼申しあげます。単行本にひきつづき、万全のフォローありがたし……！

お礼を述べてしまうと、もうほかに言いたいことがない。なぜならあたし最近、いや嘘、ここ一年強、ＥＸＩＬＥ一族のことしか考えてないから！　ほんとそんな……、抗いがたいチャームを集団で発揮してくんの、やめていただけないかなと思ってます。脳髄が崩壊しちゃって仕事にならないんで、山みたいになったＤＶＤも全部トンカチで叩き割りたいぐらいなんですよ。「くうぅ、これらが家にあるばっかりに！　ばっかりに……！」って。

ええ、本当です。

お気づきになっただろうか、いま私がにまにましながら、またＤＶＤをテレビに飲みこませようとする寸前だったことに。あぶねー。俺のミギー（ｂｙ『寄生獣』）、勝手がすぎるぜ。と、ミギーのせいにしてみました。

「山」で思い出したのだが、つい先日、出羽三山《でわさんざん》へ行った（一族の輝きに脳をやられ気味なので、直近のことも忘れがち）。月山《がっさん》、湯殿山《ゆどのさん》、羽黒山《はぐろさん》ですな。森敦の『月山』を読んで以来、ずーっと行ってみたいと思っていたので、感無量でござった。

しかし行くまえにいろいろ調べた結果、「月山山頂を目指すのは……、やめよう！」とあっさり決意。山形にお住まいの知りあいのみなさんは、

「え……。たしか小学校か中学校のとき、登ったような気がするんですけど」

とおっしゃったのだが、馬鹿言っちゃいかん。小中学生の体力は無尽蔵だ。私は己れというものをよく知っている。自己最高の体重および体脂肪率を記録しているいま、登山などという無謀なことはできん！

……キャベツもっと食べときゃよかったなあ。

というわけで、あくまでも出羽三山に「登った」のではなく「行った」だけなのですが、すごくよかった！　修験道の山なので、「ここで修行したり、即身成仏したりしたひとたちの思いとは、いかなるものだったのであろうか……」などと、ひとしきり想像をめぐらせました（登ってないくせに）。行ったときはちょうど、「秋の峰入り」といって、お山に

七日間もこもる修行が行われる期間だった。いまも地元のかたを中心に、生活と密着して信仰がつづけられているんだなと、なんだか胸熱でした。

厳しい修行をするかたがいる一方、私はといえばそのころ、月山八合目にある弥陀ヶ原《みだがはら》を歩いていた。八合目までは車で行ける。楽ちん。弥陀ヶ原は、高原のお花がたくさん咲いている湿地帯で、ほとんど起伏がなく、木道《もくどう》も整備されている。楽ちん。

しかし私は案の定、ちょっとの段差にも足を取られてよろつき、健脚の高齢男女にどんどん追い抜かされるのだった。山頂は目指さない、と決断した自分、えらい！（ポジティブシンキング）　体重と体脂肪も問題だが、体幹がないのではと思えるほど衰えた体幹も、早急になんとかせねばならぬと痛感した。

山歩きを（十五年に一度ぐらい）するたびに思うのですが、景色を見る余裕ってあるものなのか？　私はずっと足もとを見てしまい、今回も花より木道が印象に残っている。だが、澄んだ空気が心地よく、「木道もない時代に、修行のためにこの山に分け入った昔のひと、本当にすごいなあ」とつくづく実感できたので、満足だ。

羽黒山は山頂まで車で行くことができる。お土産物屋さんが何軒か並んでおり、そのうちの一軒に入って、一角に設《しつら》えられた食堂でご飯を食べたのだが、これが当たりだった。むっちゃおいしいな、山形の郷土料理……！　その結果、またも自己最高記録（体重）を叩きだしてしまったが、悔いなしだ。

羽黒山には長い石段のアップダウンがあって、「おーい、タクシー呼んでくれー」と何度も思った。山中なので無理である。私はいつからこんな惰弱な人間に成り下がったのか、と自問自答してみたが、わりと以前からだった。なーんだ、まえからじゃあ、しょうがないな。↑いろんなことへの諦めの早さにかけては定評がある。

そして、湯殿山。ここも山頂まで車で行けるのですが、ご神体が本当にすごかったです。駐車場から石段をちょっと上り下りしてたどりつくのだが、ご神体を目にした私は驚きのあまり、「えええええー」と小さく声を上げてしまいました。神聖な場所じゃなかったら、「まじか！」と大声で叫びたかったぐらいだ。

でも残念ながら、湯殿山でなにを目にしたかについては、聞いてもいけないし、語ってもいけない、という決まりが古来あるそうだ。ううむ、あれを見たら、みんなにしゃべりまくりたくなる。そこをぐっと我慢せよとは、無茶な決まりだと思うが、「湯殿山、すごかっ……むにゃむにゃ、なんでもない」と口ごもられたら、「なになに？　知りたい！　じゃあ、行ってみる！」となるのが人情。人間の好奇心を知悉《ちしつ》した、巧みな仕組みだとも言えよう。

ものすごくしゃべりたいのだが、私も決まりに則《のっと》って、「とにかくすご……むにゃむにゃ」と述べるにとどめる。機会があったら、みなさまもぜひ行ってみてください。

出羽三山の魅力の一端に触れ、次こそはちゃんと月山山頂を目指そう、と決めた。登山に向けてトレーニングを積みたいのだが、キャベツはまあ食べるとして、ほかにどんなことをすればいいのだろう。本屋さんに行った帰りに、買った本を背負って、近所のマンションの階段を上り下りする、とかでいいのだろうか。よくないだろ、不法侵入だろ、それは。脳内トレーニングに終始し、次回もまた弥陀ヶ原の木道をよろつきながら彷徨するに終わる予感がなんとなくする。

修験の山を(ほぼ車で)経めぐり、バスを乗り継いで仙台へ出た。あんまりちゃんと旅程を決めていなかったので、高速バスのチケットを直前に電話予約したり、いざ高速道路のバス停にたどりついてみたら、方向音痴が災いしてどっちが上り車線でどっちが下り車線なのかわからず、「私はいまどちらの車線にいるのでしょうか」と電話で問い合わせたりする。しかしそのつど、山交バス(山形のバス会社)の電話予約センターのかたは、親切に対応してくださった。私なら、そんな漠然とした問い合わせを受けたら、「知らんがな」と答えてしまうところだ。

おかげさまで、無事に帰宅できた。ひとの情けが身に染みる……。

そんなこんなの毎日を送っております。一言で言えば、「あいかわらず」。みなさまもどうぞお体を大切に、日々をお過ごしくださいますように。暇でしょうがないとき、ちょっとつらいなというとき、なんとなく気が向いたというときに、もし本書をお供にしていただけたなら、望外の幸せです。

本当にどうもありがとうございました。

二〇一八年九月

三浦しをん

本書は二〇一二年八月に小社から刊行された同タイトルの
作品に加筆・修正し文庫化したものです。

**三浦しをん**（みうら・しをん）

一九七六年東京都生まれ。早稲田大学第一文学部卒業。

二〇〇〇年、長編小説『格闘する者に〇《まる》』でデビュー。

二〇〇六年『まほろ駅前多田便利軒』で直木賞、二〇一二年『舟を編む』で本屋大賞、二〇一五年『あの家に暮らす四人の女』で織田作之助賞を受賞。

その他の小説に『風が強く吹いている』『光』『神去なあなあ日常』『政と源』『ののはな通信』『愛なき世界』、エッセイに『あやつられ文楽鑑賞』『悶絶スパイラル』『ビロウな話で恐縮です日記』『本屋さんで待ちあわせ』『ぐるぐる♡博物館』など、多数の著書がある。

だいわ文庫

# お友《とも》だちからお願《ねが》いします


著者　三《み》浦《うら》しをん





二〇一八年一一月一五日第一刷発行

二〇一八年一二月一日第二刷発行

発行者　佐藤 靖

発行所　大和《だいわ》書房

東京都文京区関口一−三三−四 〒一一二−〇〇一四

電話 〇三−三二〇三−四五一一

フォーマットデザイン　鈴木成一デザイン室

本文デザイン　盛川和洋

本文印刷　信毎書籍印刷

カバー印刷　山一印刷

製本　ナショナル製本

ISBN978-4-479-30730-3

乱丁本・落丁本はお取り替えいたします。

http://www.daiwashobo.co.jp